종말의 세라프
Seraph of the end
7
이치노세 구렌, 16세의 파멸

"하지만 엄마가 그랬어.
이상해져서 죽었어. 나 때문에."

유이치로는 눈에 눈물이 그렁그렁해져서 그렇게 말했다.
하지만 사이토는
그건 네 진짜 어머니도 아닌데 뭘
—이라고는 가르쳐 주지 않았다.
어차피 알아봐야 의미가 없으니.
그는 매우 커다란 흐름 속에 있는 존재다.

"그런 표정 짓지 말고.
어린애는 웃는 편이 더 귀여우니까."

"귀엽게 보이고 싶은 생각 없어."

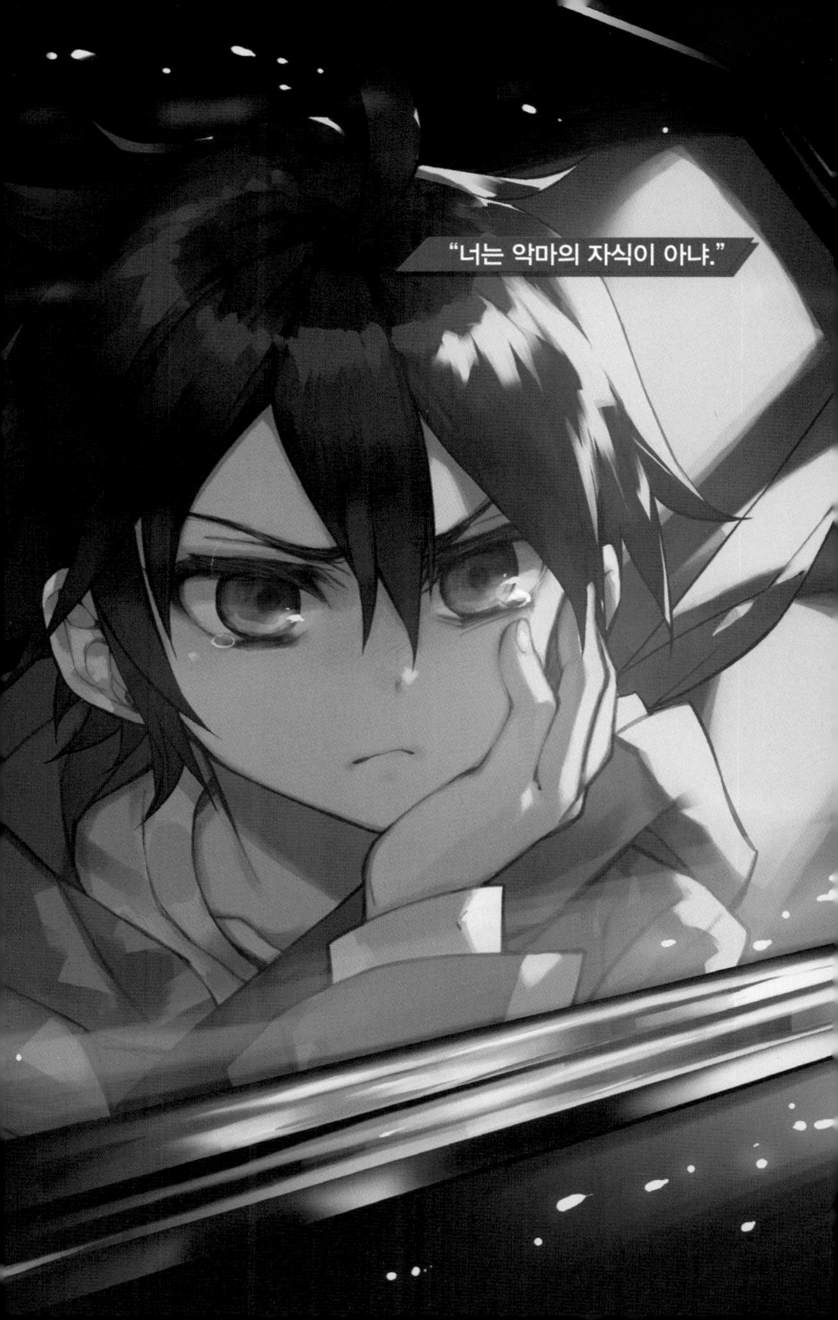
“너는 악마의 자식이 아냐.”

CONTENTS

Seraph of the end

종말의 세라프

Seraph of the end

이치노세 구렌, 16세의 파멸

카가미 타카야 지음 | 야마모토 야마토 일러스트 | 정대식 옮김

학산문화사

제 1 장 죽도록 어려운 게임

Seraph of the end

'만약 내일 세계가 멸망한다면, 당신은 무엇을 하시겠습니까?'

그런 물음을 던지는 책이 있었다.

흔해빠진 자기계발서 계열의 책에 나오는 말이다.

제목은 기억이 안 난다. 그때는 그다지 중요한 말이 적혀 있다고 생각지 않았다.

하지만 어째서인지 그 책에 적혀 있던 말이, 이제 와서 구렌의 머릿속에 떠올랐다.

'만약 당신에게 남은 시간이 하루라면.
사흘이라면.
한 달밖에 없다면
당신은 무엇을 하시겠습니까?'

그 책은 거듭 그렇게 물었다.
지금 당신이 하고 있는 일은 정말로 옳습니까?
좋아서 하는 일입니까?
현재의 인생에 만족하십니까?
거울 앞에서 이렇게 물어봅시다.

'만약 내일 죽는다면, 당신은 무엇을 하시겠습니까?'

'만약 사흘 후에 죽는다면, 당신은 무엇을 하시겠습니까?'

'만약 한 달 후에 죽는다면, 당신은 무엇을 하시겠습니까?'

만약. 만약, 만약. 만약….

지금은 12월 23일.
그리고 모레.
크리스마스에 세계가 멸망한다고 한다.
핵전쟁이 일어날지 바이러스가 만연할지, 자세히는 알 수 없다. 하지만 마히루는 세계가 멸망할 것이라고 말했다. 그래서 목숨을 걸고 앞으로 나아가고 있다고.
때문에 오늘, 전 세계 사람들이 당장 자신에게 던져야 할 질문은 이러했다.

'모레. 크리스마스에. 세계는 정말로 멸망합니다. 모두 죽습니다. 자, 당신은 남은 시간 동안 무엇을 하시겠습니까?'

가족과 지낼지.

친구와 지낼지.

부하들과 지낼지.

자신만을 위해 시간을 쓸지.

하지만 그 답은 이미 정해져 있다. 아까 이 미니밴에 탄 동료들과 정했기에.

신야. 고시. 미토. 시구레. 사유리. 다 함께 정했다.

세계가 끝장나지 않도록, 할 수 있는 일은 모두 해 보자고—

그래서 구렌은 귀에 댄 휴대전화의 신호음을 헤아렸다.

한 번.

두 번.

세 번.

전화를 건 상대는 마히루다.

히이라기 마히루.

그녀는 세계의 멸망에 관한 정보를 가지고 있을 터다. 그뿐만 아니라 현재 도시 전체에서 일어난 '미카도노오니'의 내란이며 '햐쿠야 교', '세계멸망'의 중심 플레이어일 터였다.

만약 진심으로 이 건에 대처하고자 한다면 무슨 수를 써서든 그녀와 접촉할 필요가 있었다.

신호음이 세 번, 네 번, 다섯 번. 다섯 번째 통화음에 전화를 받았다.

[구렌.]

"마히루."

[크리스마스 데이트를 하자고?]

"그래. 나는 히이라기를 배신하고 네게 협력하겠어."

[아하하.]

마히루는 무척 기쁜 듯 웃었다.

마히루와 통화가 되자 미니밴 안에 있던 동료들이 일제히 이쪽을 쳐다보았다.

조수석에 앉은 신야가 품 안에서 휴대전화를 꺼내 그것을 미니밴의 오디오에 접속시켰다. 아무래도 신야는 휴대전화로 구렌의 통화를 도청하고 있는 모양이었고, 그것을 차에 탄 일동이 들을 수 있도록 한 것이다.

마히루가 말했다.

[근데 이거 어쩌나~? 난 꽤 인기인이거든. 크리스마스 이틀 전에야 데이트하자는 소리를 하다니. 너무 늦었잖아, 구렌.]

구렌은 눈을 가늘게 뜨고서 말했다.

"다른 남자 있어?"

[궁금해?]

"있어?"

[후후, 없어.]

"그럼 나한테 시간 내 줘."

[똑바로 고백해 주면.]

“뭐라고?”

[좋아한다고.]

“좋아해.”

[후후, 알아. 하지만 그 정도론 안 돼~]

그러자 옆에 앉아 있는 미토가 물끄러미 이쪽을 올려다보았지만 무시했다.

마히루가 말했다.

[하지만 기뻐. 이 통화를 다른 사람들이 도청하고 있다는 건 알지?]

“그래.”

[다시 말해서 구렌은—‘이치노세 가’는 히이라기 가를 배신한다는 전체 표명이지?]

물론 그런 셈이 된다.

그렇게 되면 히이라기는 이치노세를 적대시할 것이다. 반역은 결코 용납되지 않으니.

마히루와 접촉하기 위한— 세계 멸망까지 남은 시간인 이틀 동안 연기를 한 것이었다고 표명한들 아마 모종의 결과를 내지 못하면 분명 몰살당할 것이다.

그럼에도 구렌 일행은 세계를 위해 무언가를 해 보기로 결심했다.

그래서,

"그래."

라고 대답했다.

대답한 순간, 반역자로 확정되었다. 이제는 돌이킬 수 없다.

[우후후.]

마히루는 웃었다.

[사랑해, 구렌.]

"……."

[정말 사랑해.]

"……."

[아 참, 지금 같이 이 통화를 듣고 있는 구렌의 동료 중 고시 노리토랑 주조 미토도 있지?]

고시와 미토가 휘둥그레진 눈으로 동시에 이쪽을 쳐다보았다.

[그럼 '고시 가'랑 '주조 가'도 히이라기 가에 대한 반란에 가담한 거라고 생각해도 돼?]

"그건."

마히루는 무시하고 말을 계속했다.

[일이 참 편해졌네~ 이미 '니이', '시진', '쿠키'가 반란에 찬동해 줬는데. 거기에 '이치노세', '고시', '주조'까지 가담했으니까. 그럼 남은 '산구', '리쿠도', '시치카이', '하츠케'는 어쩔까? 아직 '햐쿠야 교'는 좋은 대우를 해 줄 생각인 것 같은데— 이대로 열세에 몰린 히이라기 가에 대한 충성심을 유지하고 있어도 괜찮

으려나?]

완전히 이용당했다.

그녀는 이 타이밍에, 고시와 주조가 함께 있는 곳에서 구렌이 전화를 걸어올 것이라는 사실을 알았던 것이다.

모든 것이 그녀가 쓴 시나리오대로 되고 있다. 하지만 그 계획에 자진해서 들어가지 않고서는 그녀를 따라잡을 수가 없다.

고시와 미토의 휴대전화가 일제히 울렸다. '대체 어쩌려는 거냐' '무슨 짓을 하는 거냐'라는 내용의 전화일지, 아니면 이미 마히루의 입김이 닿은 상태일지는 알 수 없는 일이지만.

"……."

적어도 니이 가가 배신했다는 말이 사실이라는 것은 안다. 마히루와 니이 가의 당주가 통솔하는 부대가 현재 쿠레토를 습격하려 한다는 정보를, 아까 쿠레토 본인에게 들었기 때문이다.

하지만 다른 가문은 알 수 없다. 시진, 쿠키에 관한 이야기는 혼란을 가중시키기 위한 마히루의 거짓말일지도 모른다.

아니, 거짓으로 둔갑한 사실이라 진짜로 배신했을 가능성도 있다.

또한 굳이 이름을 입에 올리지 않았을 뿐, 산구 가와 리쿠도가 이외의 가문들도 이미 배신했을 가능성은 있다.

다시 말해 히이라기 가가 더 이상 아무도 믿을 수 없는 상황을 만든 것이다. 이는 압도적 열세라 할 수 있으리라.

전쟁은 계속되고 있다.

흡혈귀에게 괴멸되었을 터인 '햐쿠야 교'와 '미카도노오니'의 전면전쟁은 계속되고 있다.

고시가 걸려온 전화를 받으려 하자 신야가 말없이 손으로 제지했다. 그러고서 미토에게도 고개를 가로저어 받지 말라고 명령했다.

두 사람은 난처한 표정을 지었지만 이미 받아봐야 방법이 없는 상황에 몰렸다.

주사위는 굴려졌다.

그리고 마히루는 여전히 선두에서 달리고 있다.

하지만 결국 모래 세계가 멸망할 것이라면 자신들도 이 상황을 통째로 뒤집을 수 있을 정도로 빠르게, 더욱 빠르게 달려야만 한다.

구렌은 대답했다.

"너를 만날 수 있다면, 내가 고시와 주조를 설득하겠어."

[아하, 그만큼 날 사랑한다는 뜻이야?]

"그래."

[세계가 멸망하는 날, 나랑 같이 있고 싶다는 뜻이야?]

"그래."

텅. 좌석 세 번째 줄에서 창문을 두드리는 듯한 소리가 났다.

시구레였다. 그녀는 날카로운 눈빛으로 구렌이 든 휴대전화를 노려보고 있었다. 사유리도 그 옆에서 입술을 깨문 채 이쪽을 보고 있었다.

여자의 농간에 놀아나는 무능한 주인의 모습을 보고 있자니 짜증이 난 것이리라.

구렌은 마히루에게 물었다.

"어디로 가면 널 만날 수 있지?"

[지금은 바쁜데.]

"그럼 지금 어디 있어?"

[비밀. 하지만 좀 이따 히이라기 쿠레토를 죽일 거야.]

구렌은 눈을 가늘게 떴다. 만약 그녀가 한 말이 전부 사실이라면— 정말로 히이라기의 패권이 뒤집어질 가능성도 있을까?

머릿속 한구석으로 생각해 보았다.

분명 그런 생각은 이 통화를 듣고 있을 모든 사람들의 머릿속을 스쳤을 것이다. 그리고 마히루는 그렇게 되게끔 이야기하고 있었다.

가령 쿠레토가 죽는다 해도 히이라기의 패권은 뒤집히지 않는다. 쿠레토는 차기 당주 후보이기는 하지만 아직 당주는 아니다.

정말로 당장 죽여야 할 것은 현 당주인 히이라기 텐리다. 하지만 마히루조차 아직 텐리에게는 접근하지 못했다. 물론 일이 이렇게 되었으니 마히루의 목적은 더 이상 히이라기 가를 전복시키는 것이 아닐 것이다.

"그럼, 어떻게 하면 널 만날 수 있지?"

[그렇게 날 만나고 싶어?]

"그래. 만나고 싶어."

[쿠레토를 죽이고 나서 연락할게.]

"언제?"

[오늘 안에. 그러니까 구렌, 그때까지 살아남아.]

그 말을 끝으로 통화가 끊겼다.

그리고 그와 동시에,

"야야야야, 큰일 났다고! 뒤에 우르르 몰려왔어!"

고시가 운전하고 있는 미니밴을 추적하듯 몇 대나 되는 차들이 따라붙었다. 안에는 '미카도노오니'의 전투복을 입은 남자들이 탄 듯했다. 다들 '귀주' 무기를 지니고 있었다.

신야가 창문을 열며 말했다.

"빠르기도 하네. 배신자는 용서치 않겠다 이거지? 나와, 뱌코마루."

그의 손 안에서 총검이 나타났다. '흑귀'라 불리는 사나운 오니가 깃든 무기다.

'흑귀'를 길들일 수 있는 인재는 몇 되지 않는다. 구렌이 아는 이들 중에서 '흑귀'에 적응한 인간은 구렌, 신야, 쿠레토뿐이었다.

어쩌면 그밖에도 실험이 이루어져 몇 사람은 더 있을지도 모르지만 '흑귀'를 지니고 있는 한은 상대가 일반 '귀주'를 장비한 인간이라 해도 열 명 정도까지는 그럭저럭 감당해낼 수 있을 터다.

하지만,

"적이 얼마나 돼?"

구렌이 묻자 신야가 대답했다.

"뒤쪽에만 스무 대 정도 있어."

한 대에 네 명 밖에 못 타는 차량이라 해도 80명이다. 개중에는 일반 '귀주'가 아닌 강력한 오니를 길들인 녀석도 있을 것이다.

'보살'

'나찰'

'다지니'

'동자'

'명왕'

'야차'

어느 것을 길들였건 보급품인 일반 '귀주' 장비와는 비교도 되지 않을 정도로 강할 것이다.

한순간이라도 긴장을 풀면 살해당한다.

봐줄 수 없다.

그래서인지 신야가 총으로 후방을 겨누며 말했다.

"…별수 없지…. 죽이자. 다들 알아들었지?"

마히루는 그러기를 기다리고 있다. 이치노세가. 고시가. 주조가. 습격해 온 동포를 죽이기를.

한 번 죽이면 그것은 기정사실이 된다. 반란을 일으킬 의지가 없었다 해도 한 번 엎질러진 물은 다시 담을 수가 없다. 정보는 순식간에 확산될 것이다.

전 세계로 확산될 것이다.

배신자다.

저 녀석들은 배신자다, 라는 정보가.

하지만 물론 고시 가와 주조 가는 반란을 일으킬 의지가 없다고 말하며 투항한다는 방법도 있었다. 굳이 다 함께 지옥으로 걸어 들어갈 필요는 없다. 그 때문인지 고시와 미토의 휴대전화는 아까부터 쉬지 않고 울리고 있었다. 가족에게서 걸려온 전화다.

구렌은 그것을 보고 말했다.

"나만의 문제가 아니게 되었어. 일족, 가족이 살해당할 가능성이—"

하지만 고시가 그 말을 가로막았다.

"구렌. 그 얘기는 아까 했잖아. 싫었으면 진작 세웠어."

이어서 미토가 말했다.

"…맞아요. 어찌 되었든 실패하면 모레에는 세계가 멸망하잖아요. 그럼 앞으로 나아가야죠…."

그녀는 겁에 질린 표정을 지은 채 계속해서 울려 대는 휴대전화의 전원을 꺼 버렸다.

그리고 끝으로 구렌의 휴대전화가 울렸다. 화면에 표시된 이름을 본 사유리가 말했다.

"아버지."

사유리의 아버지—하나요리 마사노리에게서 걸려온 전화였다. '좀 전의 통화 내용은 사실인지. 그리고 그것이 정말로 구렌님의 명령이라면 반란을 개시하려 하는데, 어쩌면 좋을지'를 확인하기 위한 전화이리라.

좀 전의 통화 내용을 도청한 '미카도노오니'의 인간들은 아이치에 있는 이치노세 가가 이끄는 '미카도노츠키'에도 공격을 가하고 있을 터였다. 거기에 대항할지, 저항하지 않겠다는 의사표시를 할지 결정해야만 했다.

사유리가 휴대전화를 내밀었다.

구렌은 그것을 받았다. 그러자 사유리의 아버지가 말했다.

[어떻게 할까요?]

조수석에 앉은 신야가 이쪽을 흘끔 쳐다보았다. 구렌은 그 눈을 바라보며 답했다.

"해치워."

순간, 신야가 발포했다.

탕, 탕탕탕.

신야의 총검 끝에서 거대하고 하얀 호랑이의 모습을 한 탄환이 발사되었다.

후방에서 폭발음이 들려왔다. 몇 대의 차량이 파괴된 것이다.

신야가 외쳤다.

"고시, 속도 높여! 병사들이 나올 테니까!"

"네!"

미니밴이 더욱 가속했다.

휴대전화 너머에서 사유리의 아버지가 웃었다.

[하하, 오늘이 복수의 날이었습니까. 생각보다 빨리 왔군요. 감사합니다.]

"살아남을 수 있겠어?"

[이길 겁니다.]

무리다. 적의 규모는 천 배는 더 될 것이다. 물론 마히루가 초래한 혼란으로 인해 조금은 약체화되었을 테지만.

"어떻게든 크리스마스까지 버텨."

그렇게 부탁하자 사유리의 아버지는,

"알겠습니다."

라고만 말하고는 전화를 끊었다.

그 목소리 너머에서 폭발음이 들려온 것 같았다. 이미 아이치에서도 전투가 시작된 것이다.

몇 시간만 지나면 사유리와 시구레의 가족은 몰살당할 가능성이 있었다.

이치노세 가와 관련된 모든 자들이—

"……."

전투는 더욱 가속화되었다. 마히루의 뜻대로.

사유리가 좌석 세 번째 줄에서 몸을 내민 채 말했다.

"아버지가 뭐라고 하셨나요?"

"좋아하던데?"

그러자 사유리는 살며시 미소 지었다.

옆에서 시구레가,

"당연합니다."

라고 말했다.

부모가 당장 죽을지도 모르는데 그녀들은 기뻐 보였다.

모두가 복수할 날을 기다리고 있었던 것이다. 구렌의 아버지가— '미카도노츠키'의 전대 당주였던 이치노세 사카에가 그런 식으로 살해당한 탓에 분노가 쌓여 있었다.

아니, 예전부터 죽 그래왔다.

이치노세 가는 줄곧 히이라기에게 핍박을 받으며 살아왔다. 역대 당주들은 그 누구도 반항하지 않았다. 동료와 가족들을 지키기 위해 무슨 짓을 당하건 베실베실 웃으며 살아왔다.

그래서 살아남을 수 있었다.

가족을 지킬 수 있었다.

아버지는 죽는 그 순간까지, 웃고 있었다.
"……."
그런데 자신은, 그렇게 하지 않았다.
동료들이 죽는다.
가족들이 죽는다.
그 위험을 무릅쓰고 앞으로 나아가는 쪽을 선택했다.
지금이 그럴 타이밍인지 어떤지, 이것이 정답인지 어떤지는 알 수 없다.
아무것도 확실치 않다. 보증도 확증도 없다. 정보도 부족하다.
하지만 이제는 달리는 수밖에 없었다.
모레.
크리스마스에 세계가 멸망할 가능성이 있기에.
그렇다면 확신이 전혀 없는 상태라도, 모든 것을 휘말려 들게 하면서라도 달려 나가야만 한다.
고시가 외쳤다.
"빨간 신호!"
그 말을 들은 신야가 말했다.
"계속 달려!"
"옆에서도 적이! 충돌합니…."
그때 강한 충격이 차를 덮쳤다. 승용차가 옆에서 돌진해 왔다. 하지만 구렌은 이미 '귀주'를 발동한 상태였다. 왼손으로 의식을 잃은 시노아를 붙잡은 채 오른손으로 허리에 찬 검을 뽑았다.

"베어라, 노야!"

오니의 이름을 불렀다.

온몸에 힘이 넘쳤다.

칼로 미니밴의 측면을 찢고 밖으로 뛰쳐나왔다. 돌진해 온 차량에는 적이 타고 있었다. 다섯 명. 모두 다 칼을 차고 있었다. 구렌은 그들의 몸통을 노야로 쓸었다.

순식간에 다섯 명을 죽였다.

땅바닥에 착지했다. 다리에 충격을 받지는 않았다. 오니의 힘이 완화해 주었기 때문이다.

주변을 둘러보았다.

적은 포위망을 형성한 뒤였다.

싸우기는 무리일 것이다. 적의 숫자는 이미 대충 보아도 백 명이 넘었다.

그들 모두가 '귀주'를 장비했다.

히이라기에 거역하면 이렇게 된다. 그 전화 한 통으로, 순식간에 일이 이 지경이 되고 말았다.

신야가 옆에 내려서며 말했다.

"어쩔까?"

구렌은 눈을 가늘게 뜬 채 답했다.

"…싸우는 건 무리고. 도망치자. 우르르 몰려오지 못할 뒷골목을 골라서. 야, 고시."

"어엉?"

고시도 등 뒤에 착지하고 있었다. 시구레, 사유리, 미토도 모두 무사해 보였다.

구렌은 의식을 잃은 시노아를 건네며 말했다.

"이 녀석을 옮겨줘. 옮기면서 환술로 엄호할 수 있겠어?"

"당연하지."

고시가 시노아를 어깨에 들쳐 멨다. 누구냐고 묻지도 않고. 그녀가 마히루의 동생이라고 하면 놀랄까.

구렌은 고개를 끄덕이고서 말을 이었다.

"미토와 사유리가 선두. 그 뒤에 시구레가 붙어."

""""네.""""

세 사람이 동시에 말했다.

끝으로,

"후미는 내가 맡지. 신야, 날 엄호해."

신야가 웃었다.

"내가 농땡이 피면 넌 곧장 죽겠네."

구렌도 웃었다. 쓴웃음이었지만.

"농땡이 안 쳐도 죽을걸. 이건, 아~ 엑스트라 하드 모드 윗 단계였는데. 뭐였더라, 그게."

구렌이 그렇게 말하자 신야가 고개를 갸웃한 채 미토를 쳐다보았고, 그러자 그녀가 대답했다.

"…그게, 나이트메어 모드 말인가요?"

세계가 파멸된다는 크리스마스를 맞이하려면 악몽까지 꿔야 하는 모양이다.

그 말을 들은 고시가,

"으아~ 그거 연습할 기회도 안 주는 죽도록 어려운 모드잖아! 무리 아냐, 이거?"

그렇게 우는 소리를 했지만 나이트메어 모드는 강제로 시작되고 말았다.

"좋아, 가자. 다들 능력 이상의 힘을 발휘하라고. 믿을 테니까."

"""""""으에~"""""""

일동은 넌더리가 난다는 투로 대답하면서도 달려 나갔다.

7시 방향에 위치해 있는 건물과 건물 사이로 들어갈 셈이다. 차량은 들어오지도 못할 정도로 좁은 골목이었다.

구렌은 그 골목을 쳐다보고는 다시 한번 자신들을 포위한 적들을 둘러보았다.

적이 가지고 있는 무기 중 태반이 칼이었다.

그 칼은 대부분 일반 '귀주'인 듯했다.

보급품이다.

그것을 상대하는 것은 어렵지 않다.

하지만 보급품이 아닌 경우, 그 무기에는 특수한 오니가 깃들어 있다.
그 비율을 살폈다.
아마 1할 정도는 특수한 무기를 가지고 있는 듯 보였다.
나아가 평범한 칼로 보이는 무기들 중에도 구렌과 쿠레토처럼 상위 오니가 깃든 무기가 존재했다. 만약 그중 '흑귀'가 세 명 이상 있으면 끝장이다. 여기서 게임 오버다.
하지만 그렇다 해도,
"…모레 세계가 끝장난다면 비관적으로 생각할 필요는 없겠지."
게임 오버가 조금 앞당겨지는 것뿐이다.
구렌은 두 손으로 칼을 잡았다. 오니의 힘을 자신의 안에서 더욱 크게 폭주시켰다.
그러자 마음속 깊은 곳에서 오니가 답했다.

〈좋은걸. 마지막 싸움이야?〉

"그런 셈이지."

〈그러면 나의 모든 걸 받아들여줘.〉

"그럴 수는 없어."

〈어째서?〉

“이건 마지막이 되지 않도록 하기 위한 싸움이니까.”

〈그렇게 어정쩡한 마음가짐으로 마히루를 따라잡을 수 있겠어?〉

모르겠다. 모르겠지만, 해 보는 수밖에. 자신은 아무리 모질어지려 해도 가족이며 동료라는 것이 소중해서 이렇게 친목질 같은 모양새를 취하지 않으면 앞으로 나아갈 수 없다는 사실을 이미 알기에.

“닥치고 힘이나 내 놔, 오니. 동료들을 지키기 위한 힘을.”

구렌은 그렇게 말했다.

노야는 웃으며 힘을 공급해 주었다. 욕망을 폭주시키는 힘을.

“…….”

심장고동이 빨라진다.

저주 섞인 혈액이 온몸에 퍼졌다.

신체능력이 더욱 향상되었다.

감각도 날카로워졌다.

조금 떨어진 곳에서 화살을 메긴 것을 알 수 있게 되었다.

몇 사람이 처음 자신이 있던 장소에 도달한 것을 알 수 있게 되었다.

발소리를 듣고 그 녀석들이라면 자신이 간단히 베어 죽일 수 있다는 것도 알아챘다.

아니, 10시 방향에서 오는 몇 사람의 발소리는 달랐다. 아마도 그 제1진에는 특수한 오니가 깃든 '귀주'를 장비한 자가 끼어 있을 것이다.

그들을 죽일 수 있을까?

도망쳐야 할까?

마음속에서 목소리가 들려왔다.

〈죽여. 몰살시켜.〉

그것이 옳은 판단인지 어떤지는 알 수 없었다. 오니는 눈앞의 욕망을 탐하기 마련이다. 하지만 이 녀석이 저들을 몽땅 벨 만큼의 힘을 준다면 애초에 도망칠 필요는 없었다.

하지만 그만한 힘은—

〈네가 폭주하기만 하면 돼.〉

없다. 모든 것을 손에 넣을 수 있는, 게임에서 말하는 치트 같은 힘은 결국 이 세상에 존재하지 않는다.

그렇기에 다들 무언가를 희생해가며, 괴로워하며 앞으로 나아가려 한다. 필사적으로 발버둥 쳐서 앞으로 나아가려 하는 것이다.

어쩌면 있을지도 모르는, 희망을 찾기 위해.

"……."

그래서 한계까지 오니의 힘을 폭주시켰다.

자신의 현재 한계선까지.

이성과 광기의 경계선이 허물어지기 직전까지 욕망을 폭주시켜,

"우, 으, 우오아아아아아아아아아아아아아아아."

구렌은 외쳤다.

적이 도착했다.

세 명이다.

하지만 그 세 명의 상체에 신야가 발사한 뱌코마루의 탄환이 맞았다. 세 사람의 몸이 소멸되었다.

신야가 조금 떨어진 후방에서 말했다.

"구렌! 너는 10시 방향에서 오는 녀석들에게만…."

구렌은 왼손만 들어 답했다.

신야도 '흑귀' 보유자다. 게다가 원거리 공격에 특화된 오니다. 어떠한 적이 위험한 상대인지는 그가 훨씬 잘 안다.

구렌은 신야의 말을 100퍼센트 믿고 10시 방향을 보았다.

도끼와 창을 든 남녀가 다섯 명 있었다. 다섯 명은 교복과 세일러복을 입었다. 낯이 익은 상대였다. 이름까지 안다.

같은 제1시부야 고등학교에 다니는 학생이다. 그와 마찬가지로 '귀주' 연구소에서 함께 '귀주' 적성 시험을 치렀다.

그들은 성격이 좋았다. 다들 사이가 좋았는데, 듣자하니 한 사람을 빼고 소꿉친구라는 모양이었다. 구렌에게도 우호적이었다. "'귀주' 적성 시험 수험자로 선발되다니, 영광인걸."이라느니. "이치노세 가를 싫어하는 사람들이 많지만, 나는 네가 우수한 사람이라 생각해."라느니. "앞으로도 좋은 평가를 받을 수 있도록 함께 열심히 해 보자." 같은 소리를 불과 얼마 전까지 주고받았었다.

그들 중 창을 든 소년이 선두에서 외쳤다.

"미안, 이치노세 군! 네게 원한은 없지만 말살명령이 떨어졌어!"

이어서 옆에 있던, 도끼를 든 소녀가 말했다.

"배신자는 얌전히 죽어!"

그들은 무기를 치켜들고 있었다.

기본에 충실한 포메이션.

'천화진(天火陣)'이다.

'미카도노츠키'에서 쓰이는 명칭으로 말하자면 '월귀조(月鬼組)'.

강한 전위를 두 명 배치.

그것을 후위 세 사람이 커버하는 진형.

전위　　전위
후위　　후위
후위

다섯 명이 구렌 한 사람을, 확실하게 죽이려 하고 있었다.

도끼와 창을 든 남녀 뒤에 활을 든 사람이 둘 있었다. 나머지 한 명은 환술을 쓸 것이다.

그들의 움직임을 구렌은 날카로운 눈으로 살폈다.

다른 병사들은 전부 신야가 쓰러뜨려 주고 있었다.

탕, 탕탕탕탕.

총성이 울렸다. 하얀 호랑이의 형태를 띤 탄환이 발사되어 적의 병사들을 죽여 나갔다.

그런 가운데 구렌은 머릿속으로 여러 차례 자신의 움직임을 확인했다.

얼마 전까지만 해도 같은 학교에 다니던 학생을 죽이기 위한 움직임을.

"죽어어어어어어어어어어!"

후위에 위치한 소녀가 외쳤다. 활에서 화살이 발사되었다. 화살은 거대한 벌레의 형태를 띠고 있었다. 아마도 벌일 것이다.

그것이 무시무시한 속도로 이쪽을 향해 날아오던 중—
구렌의 후방에서 날아온 백호가 벌의 목을 물어뜯었다.
"뭐."
소녀가 놀란 표정을 지었다.
순간, 구렌이 치고나갔다.
강한 전위는 상대하지 않았다. 그 전에 근접전투가 서투른 후위를 습격했다.
소녀가 둘.
소년이 하나.
이름은 알지만 굳이 기억해내지 않기로 했다. 기억해내면 칼날이 무뎌질 테니.
소년소녀들은 충격을 받은 듯한 얼굴로 이쪽을 쳐다보았다. 뒤처지지 않고 구렌의 움직임에 반응하고 있었다.
한 소녀가,
"…아."
라고 말한 순간, 구렌은 칼을 휘둘렀다.
순식간에 그들 모두의 목을 쳤다.
머리를 잃은 소년소녀들의 몸이 땅바닥에 쓰러졌다.
몇 분 전까지만 해도 동료였을 터인 그들은—
이제 시체가 되었다.
"……."

창과 도끼를 든 소년소녀가 그제야 돌아보았다. 동료가 피를 뿜어 내며 땅바닥에 쓰러진 모습을 본 그들은 얼굴을 절망으로 일그러뜨리며,

"너, 너 이 자시이이이이이이이이이익!"

이라고 외쳤지만 그뿐이었다.

구렌이 몸을 돌림과 동시에 소년의 몸통을 쓸었다.

"토오루!"

그렇게 외친 소녀의 등을 신야가 쏘았다.

"……."

"……."

두 사람은 포옹을 하듯 기댄 채로 죽었다.

순식간에 일어난 일이었다. 전장에서는 목숨이 덧없이 사라졌다. 시체가 땅바닥에 쓰러진다. 긴장을 풀면 자신도 금방 이렇게 될 것이다. 그의 동료들도.

"…젠장, 사과는 안 한다."

구렌은 혼잣말을 하듯 작은 목소리로 중얼거렸다.

신야가 이쪽을 쳐다보았다.

구렌도 그 눈을 보았다.

끔찍한 기분이다. 매우 무척 몹시, 끔찍한 기분이었다.

하지만 멈출 수는 없었다.

고시의 목소리가 들려왔다.

"구렌! 골목까지 길을 뚫었어! 튀자!"
신야가 잇달아 총을 발포했다.
구렌의 주변에 있던 병사들이 차례로 죽어 나갔다.
신야가 미처 죽이지 못한 병사에게 칼을 휘두르며 구렌은 달려 나갔다.
적의 수는 전혀 줄지 않은 듯 보였다. 아니, 갈수록 이곳으로 모여들고 있었다. 아마 이제 백오십 명도 더 될 것이다.
과연 자신은 이 전쟁에서 살아남을 수 있을까?
하지만 살아남는 것만으로는 부족하다.
살아남는다 해도 이틀 후면 세계가 멸망한다고 한다. 그렇다면 그것도 막아야만 한다.
과연 나이트메어 모드.
클리어 조건 불명.
컨티뉴 없음.
골인 지점이 있는지 어떤지도 알 수 없다.
게다가 죽여야만 하는 적 중에는 아는 사람도 많다.
장애물은 하나같이 피하기가 죽도록 어렵다.
거기에 데리고 있는 동료들도 누구 하나 죽게 할 수 없다.
이건 그냥, 달성 불가능한 목표 아닌가 싶어 암담한 기분이 밀려들었지만.
"간다아아아아아아아아아아아아!"

그래도 구렌은 칼을 휘두르며 외쳤다.

골인 지점을 향해.

어찌 되었든 빨리, 빨리, 어떻게든 살아남아서 마히루보다 먼저 결승 테이프를 끊기 위해.

제 2 장 23일의 시노아

Seraph of the end

어둠.

히이라기 시노아는 완전한 어둠 속에 서 있었다.

그 어둠을 둘러보며 고개를 갸웃한 채 중얼거렸다.

"…여긴 대체, 어디일까요."

하지만 답변은 돌아오지 않았다.

그러나 답변이 돌아오지 않는 일에 시노아는 익숙했다. 어릴 적부터 줄곧 혼자였기에.

아무에게도 기대를 받지 못한 채.

아무에게도 주목을 받지 못한 채.

그녀는 살아왔다.

그녀에게는 매우 우수한 언니가 있었다. 아니, 우수하다는 말로는 부족하다. 언니는 천재라 해도 과언이 아니었다. 히이라기라는 이름을 지닌 자들 중에서도 그녀의 강대한 능력은 월등히 뛰어나, 시노아가 약간의 재능을 보여도 주목을 받지 못했다.

그 대신 언니가 모든 것을 짊어지고 말았지만.

"……."

미인인 데다 강하고 얼핏 보기에는 다정하지만 알고 보면 무슨 생각을 하고 있는 건지 알 수가 없어서 무섭다.

그것이 시노아의 마음속에 자리한 언니―히이라기 마히루의 인상이었다.

그리고 그 언니를 제외하면,

"…지금, 제게 무슨 일이 일어난 거죠?"

라고 물어도 그녀는 늘 아무도 대답해 주지 않는 환경에서 자랐다.

아무도 그녀를 바라보지 않았기 때문이다. 그녀에게 관심이 있는 사람은 하나도 없었기 때문이다.

그래서 늘 어둠 속에 혼자 있는 기분이었다.

깜깜한 안개 속에 혼자 있는 기분.

오늘도 그랬다.

자신이 이곳에 오기 직전의 기억조차 선명치 않았다.

분명, 자신의 방에 언니의 연인이 온 것 같기는 한데.

"……."

아아, 그래. 그랬다. 그래서 언니가 맡긴 선물을 전해 주었다.

그때의 일을 떠올렸다.

언니의 연인은 무척 초조한 표정이었다. 듣자 하니 세계가 멸망한다는 모양이다. 그리고 그 멸망으로부터 시노아를 지키기 위해서는—

거기까지 생각한 참에 그녀는 자신의 오른손을 보았다.

아무것도 보이지 않는 어둠 속임에도 불구하고 오른손에 작은, 막대기 같은 것이 쥐어져 있다는 것을 알 수 있었다.

그리고 그것을 본 순간, 주변의 어둠이 걷혔다.

시야가 이번에는 새하얗게 물들었다.

하늘도 땅도 지평선도, 눈에 보이는 것은 모조리 다 새하얀 세계가 펼쳐져 있었다.

"…극단적이네에."

그녀는 그것들을 뚱한 눈으로 쳐다보며 말했다.

공포를 느낄 법한 상황임에도 그녀는 그다지 동요하지 않았다.

왜냐하면 그녀는, 자기 자신을 별로 소중하게 여기고 있지 않기 때문이다. 여기서 죽는다 해도 슬퍼할 사람은 아무도 없으리라.

아니, 언니는?

"……."

잠시 생각하다 언니 역시 슬퍼하지 않으리라 생각했다.

그 강한 언니가 그런 일을 일일이 신경 쓸 것 같지는 않았다. 그렇다면 역시 자신이 죽든 살든 아무래도 좋다고 생각할 것이다.

하지만 그때, 어쩐 일로 목소리가 들려왔다. 그녀의 의문에 대한 답이 돌아온 것이다.

〈…여긴 네 마음속이야.〉

어디서 들려오는 목소리인지는 알 수 없었지만, 누군가가 머릿속에서 직접 말하고 있는 것만 같았다.

"누구예요?"

묻자 목소리는 답했다.

〈네가 들고 있는 낫이야.〉

"낫?"
묻고서 시노아는 자신이 든 자그마한 막대기를 눈높이까지 들어 올렸다.
"이거, 낫인가요?"

〈그래.〉

"그렇게는 안 보이는데요."

〈그럼 그렇게 보이게 해 주지.〉

순간, 막대기가 손에서 떨어져 공중에서 빙글빙글 돌았다.
그것이 점점 커지더니 이윽고 거대한, 마치 신화에 나오는 사신이 쓸 법한 검은 대형 낫이 되어, 날이 하얀 대지에 소리 없이 꽂혔다.
그것을 본 시노아는—
"와아, 낫이다."
라고 한마디만을, 담담한 투로 내뱉었다.

〈낫이지.〉

목소리도 그렇게 답했다.
"낫 맞네요."

〈그래. 낫이야.〉

대체 이게 무슨 대화일까.
시노아는 물었다.
"그래서, 그 낫 님이 대체 무슨 일로 저를 찾아오신 거죠?"

그러자 낫이 답했다.

〈너를 보러 왔지.〉

"저를요?"

〈그래. 너는 누군가 자신을 봐 주기를 원했잖아?〉

"그런가요?"

〈이렇게 원했잖아. 다들 언니만 보지 마. 나한테도 재능이 있어.〉

"호오호오."

〈나도 귀여워.〉

"귀엽긴 하죠."

〈가슴도 언니처럼 커질 예정이고.〉

시노아는 의심스럽다는 듯 뚱한 눈을 더욱 가늘게 뜬 채 말했다.

"가능성이 있을까요, 이거?"

〈글쎄, 그야 모르지.〉

"뭐야, 모르고 한 말이었어요?"

〈네가 원하는 감정과 사고를 읽고 있는 것뿐이니까. 하지만

어쨌든 너는 원하고 있어. 누군가가 봐 주기를.〉

낫은 거듭 그렇게 말했다.

자신의 마음속에도 그런 욕망이 조금은 있는 모양이다. 자신도 모르던 일이었지만 아무튼,

"당신은, 오니인가요?"

그렇게 물었다.

그러자 낫은 답했다.

〈그렇지.〉

"저의 욕망을 먹고 있는 거죠?"

〈그래.〉

"그럼 제 그 욕망은, 충분한가요?"

그렇게 묻자 낫은 얼마간 조용히 있다가 답했다.

〈아직 모자라. 가슴만큼이나.〉

"……오지랖도 넓은 낫이네요오."

나무라는 듯한 눈으로 시노아는 낫을 쳐다보았다. 하지만 낫의 표정은 알 수 없었다. 왜냐하면 낫이니까.

그 후, 그녀는 한 차례 고개를 끄덕이고는 말했다.

"그나저나, 역시 그렇군요. 저한테는 이렇다 할 욕망이 없는데. 당신도 불쌍하네요. 오니는 욕망이 많은 인간을 좋아한다고 들었는데."

하지만 낫은 그 말을 듣고 이렇게 답했다.

〈아니, 네게도 커다란 욕망은 있어. 성욕이며 애욕 그리고 인정 받고 싶은 욕구가. 다만 그 욕망을 품을 상대가 나타나지 않은 것뿐이지.〉

"욕망을 품을 상대?"

〈그래. 너는 언젠가 만나게 될 거야. 자신을 봐 주었으면 하는 상대를.〉

"언젠가면, 내일?"

〈아니, 정확히 말하자면 8년 후지.〉

"흐음~ 한참 남았네요. 8년 후에 저는 운명의 사람이라도 만나나요?"

〈글쎄.〉

"하지만 내일 못 만나면 끝이잖아요. 모래 세계가 멸망한다고 들었는데요."

〈너는 살아남아. 내가 지킬 거니까.〉

"언니가 지키라고 시켜서요?"

〈아니.〉

"하지만 구렌은― 아, 구렌이라는 사람 알아요?"

〈알아.〉

"구렌도 안다고요? 당신 어째, 뭐든 다 아는 것 같네요. 오니는 그런 존재가 아니라고 들었는데. 의지며 목적은 별로 없고,

단지 인간의 욕망을 폭주시켜 잡아먹는 게 목적이라던데. 게다가 마음을 빼앗으려고는 하지만, 혼자서는 현실 세계에 영향을 못 미친다고도 들었고요."

그러자 낫이 답했다.

〈…이것 참, 너야말로 제법 오니에 관해 빠삭한걸. 아무것에도 관심이 없는 척하며 오니의 정보를 입수하고 있는 거야?〉

"뭐, 그렇죠. 언니가 그러라고 시켰거든요."

〈시켜서 한 거야?〉

"네. 딱히 할 일도 없었으니까요."

〈살아갈 목적도 없고.〉

"네."

시노아는 그 물음에도 태연하게 고개를 끄덕였다. 정말로 그랬다. 무엇을 위해 살고 있는 것인지조차도 여태 알지 못했다. 살아있기에 그냥 살고 있을 뿐이었다. 아침에 눈을 떠서 밤에 잠들 때까지 살아갈 이유는 물론이고 죽을 이유도 찾을 수 없었다.

일어나서 편의점에서 사둔 도시락을 덥혀서 먹고, 멍하니 있다가 보면 해가 저물어서 잠이 들뿐인 나날을 보내고 있었다.

“아, 하지만 운명의 사람을 만날 수 있다는 얘기는 엄청 관심이 가네요오. 순정만화에 나오는 왕자님이라도 오나요? 백마 같은 것도 타고 있을까요? 히힝~ 하고 우는.”

〈글쎄. 그나저나 너, 말은 그렇게 했지만 실은 별 관심이 없지?〉

“듣고 보니 그러네요. 그러면 본론으로 돌아가죠. 구렌에 관한 이야기로.”

〈그래.〉

“구렌은 언니가 당신을 맡겼다고 했어요. 세계의 멸망으로부터 저를 지키려면 당신이 필요하다면서.”

〈그렇지.〉

“그럼 당신은 역시 언니가 시켜서 여기에 온 거 아닌가요?”

그렇게 묻자 낫은 대답했다.

〈아니. 난 내가 원해서 네 곁에 왔어.〉

"당신 자신의 의지로요?"

〈그래.〉

"그러면 왜 당신은 제게로 온 거죠?"
그 물음에 낫은 잠시 침묵했다. 대답하고 싶지 않은 걸까.
그렇다면 다른 질문을 해 봐야지.
"참고로 당신에게는 이름이 있나요?"

〈지금은, 시카마도지야.〉

낫은 그렇게 자신의 이름을 밝혔다. 한자로 어떻게 쓰는 지까지 머릿속에 직접 정보가 흘러들어왔다.
〈시카마도지(四鎌童子)〉
"낫이 네 개라 시카마도지?"
아무리 봐도 지금 눈앞에 꽂혀 있는 낫은 하나 같은데.
시카마도지는 말했다.

〈이건 다른 나라의 이름을 한자로 옮겨서 그런 거야. 일본에 와서 오니라 불리기 전에는 다른 이름을 썼어.〉

“헤에~ 외국인이었나요?”

〈아주 오래 전, 정말로 까마득한 옛날 일이지만 말이야. 그때 같이 일본으로 데려왔던 소년한테도 분명 일본 이름이 붙었던 것 같아.〉

시카마도지는 그렇게 말했다.

그는 누군가를 이곳으로 데려왔다고 한다.

하지만 그건 말도 안 되는 이야기였다.

‘귀주’의 힘으로 융합된 오니는 대부분 아무 기억도 없었다. 그저 인간의 욕망을 폭주시켜 그것을 먹을 뿐인 존재— 정보에 따르면 그럴 터였다.

하지만 그는(그녀일지도 모르지만 일단은 그라고 하자) 명백히 무언가가 달랐다.

그는 많은 과거를 입에 담았다.

어쩌면 그것이 시노아의 욕망을 폭주시키기 위한 열쇠이고, 시노아의 기억을 뒤져 그 정보를 눈앞에 전개시킨 것뿐일지도 모르지만….

"역시 당신의 이야기에는 제가 모르는 정보가 많네요."

〈그야 네가 아니라 나에 관한 이야기니까.〉

"오니에게는 의지나 기억이 별로 없다고 들었는데요."

〈다들 의지는 있어.〉

"하지만 기억은 없죠. 당신에게는 기억도 있는… 건가요?"

〈그래.〉

"당신은 뭔가요?"

〈나는 시카마도지야.〉

"그런 뜻이 아니에요."

〈그럼 너는 뭔데?〉

"……."

〈이 세계에서 너는 대체 무엇이고 무슨 일을 하려는 사람이지?〉

"……."

대답할 수가 없었다. 자신이 현재 무엇이고, 무엇이 되려 하고 있는 것인지. 시노아의 마음속에도 아직 정답이 존재하지 않기 때문이다.

아니, 언젠가 그것이 존재하게 될지 어떨지도 불투명했다.

애초에 세상 사람들이 모두 자신이 무엇인지 알고 살고 있는지 어떨지조차 모른다. 어쨌든 거의 타인을 접한 적이 없기에.

시카마도지는 말했다.

〈봐, 너도 대답 못 하잖아.〉

"그러네요. 하지만 제가 물은 건 그런 게 아니에요."

〈아니기는.〉

"어째서 이곳에 있는지를 물은 거예요."

〈너도….〉

“또 그 답변인가요.”

결국 시카마도지는 아무런 답도 하지 않았다.

중요한 질문에는 아무런 답을 해 주지 않았다. 어쩌면 역시 오니에게는 의지와 감정이 없는 것인지도 모른다. 그저 시노아의 마음속에 자리한 욕망에만 관심이 있어서 의미 없는, 무한히 이어질 문답을 하고 있는 것뿐일지도 모른다.

그녀의 마음속에 확연한 욕망이 없는 탓에 이렇게 묘한 선문답이 되고 만 것일까…?

시노아는 물었다.

“당신은, 당신의 의지로 저를 지키러 왔다고 했는데.”

〈그랬지.〉

“어째서 저를 지키러 온 거죠?”

그렇게 묻자 시카마도지는 이렇게 대답했다.

〈돌아온 것뿐이야. 애초에 나는 너와 뒤섞인 모양새로 태어났으니까.〉

무슨 소릴 하는 걸까.

또 모르는 정보가 튀어나왔다. 하지만 분명 언니는 알 것이다. 그녀는 뭐든 다 안다. 그런 언니 역시 아무것도 설명해 주지 않았지만. 그리고 시노아는 아무런 설명도 해 주지 않는 가족에게 익숙했다.

그래서 그들을 대할 때와 같은 태도를 취했다.

그녀는 뚱한 눈을 한 채 말했다.

"있지, 시 짱."

〈시 짱?〉

그러자 의아하다는 투의 목소리가 돌아왔다.

시노아는 설명했다.

"시카마도지니까— 줄여서 '시 짱'이라고 하죠."

〈호오.〉

"아, 아니면 시카마도 짱이 좋아요? 살짝 발음하기가 어려운데."

〈아니, 부르고 싶은 대로 불러.〉

"그러면 시 짱."

〈왜 그러지?〉

"이 문답을 하는 목적이 뭔가요? 당신은 제가 한 물음에는 거의 대답을 안 해 주잖아요."

〈네 물음에 대한 답은 너 스스로 찾아야 하거든.〉

"그럼 문답은 이제 그만해도 될까요? 대답 안 해 줄 걸 알면서 일일이 질문하기도 귀찮은데."

〈그 마음은 이해해.〉

"아니면 당신이 지금 말해둬야겠다고 생각하는 걸 한꺼번에 말씀해 주시겠어요? 정 말하고 싶으시다면 들어드릴게요."

〈아하하, 생각보다 능숙하게 주도권을 잡는걸. 그 언니에 그 동생이야.〉

“그렇죠? 언젠가는 언니보다 가슴도 커질 예정이거든요.”
그렇게 말하며 가슴을 확 펴자 낫이 웃었다.

〈그렇게 가슴을 젖힌들, 그 욕망도 네 안에는 거의 보이지 않는데—〉

“쭉쭉빵빵해질 거라고요.”

〈쭉쭉빵빵이라. 오케이.〉

“네.”

〈뭐, 그러면 그건 둘째 치고, 전해 두고 싶은 것만 간결하게 말하지.〉

“부탁 좀 드릴게요.”

〈우선 세계가 끝장날 거야.〉

“확정 사항이라는 투네요. 예언자라도 되세요?”

〈그리고 평범한 인간은 살아남지 못할 세상이 될 거야.〉

"저는 평범한가요?"

〈땅에 떨어진 이 낫을 받아들여주면 평범하지 않게 돼.〉

"받아들이지 않으면요?"

〈받아들일 거야. 이것도 확정 사항이니까.〉

순간, 시노아는 땅에 꽂힌 낫을 보려 했다. 하지만 어째서인지, 이미 그곳에는 낫이 없었다. 어느샌가 자신의 손에 들려 있었기 때문이다.

"어라, 이미 제가 들고 있잖아요."

나무라듯 말하자 낫이 말했다.

〈하하. 어찌 되었든 우리는 날 때부터 섞여 있었으니까.〉

시노아는 낫을 바라보았다. 자신의 손에 들린 낫을. 분명 그 낫을 본 순간, 전혀 위화감이 들지 않았다. 손에 딱 달라붙는 듯한… 아니, 그 정도가 아니라 아예 낫이 자신의 안에서 돋아난 듯한 느낌이 들었다.

그때 문득, 기억이 났다.

그것은 어릴 적에 꾸었던 꿈이었다.

악몽이었다.

그때부터 밤이면 밤마다 뿔이 돋아난 아름다운 오니가 자신에게 말을 붙이는 꿈을 꾸게 되었다.

그 꿈을 언니인 마히루에게 이야기했더니 마히루는 무척 당황해 했다. 그리고 그 꿈에 관한 이야기를 아무에게도 하지 말라며 못을 박았었다.

그 사실을 남들에게 들키지 않도록 함께 훈련도 했다.

남이 마음을 들여다보지 못하도록 거울을 보고 웃는 연습까지 했다.

언니는 엄격했다. 엄청 엄격했다.

어째서였을까?

지키기 위해서다. 여동생을 지키기 위해. 자신들은 정기적으로 연구소에 다녔다. 연구자에게 묘한 꿈을 꾸지는 않았느냐는 질문을 받았다.

실험을 당했던 것이다. 그랬다. 분명 그랬다. 어릴 적에 끝나 버렸지만 자신은 '미카도노오니'에서 모종의 실험을 받았다.

그것을 잊고 있었다.

계속 잊고 있었다.

어째서일까.
어째서 이렇게 중요한 것을 잊고 있었던 걸까.
자신은 예전에, 지금보다 훨씬 예전에 오니를 보았다. 오니와 섞여 있었다.
그리고 그 사실을 남들이 알아채지 못하도록, 마히루가 보호해 주었다.
그러면.
"……."
눈앞을 보았다.
그러자 어느새 그곳에는 오니가 서 있었다.
뿔이 돋아난 젊은 남자였다. 나이는 25, 6살로 보였다. 아니, 어쩌면 여자일지도 모른다. 그, 혹은 그녀는 너무도 아름다워서 도통 성별을 알 수가 없었다.
하지만 이것만은 확실했다.
그 녀석은 어릴 적에 꿈속에서 말을 걸어온 오니였다.
"아아, 생각났다. 그건 당신이었어."
그러자 아름다운 오니가 미소를 지으며 이쪽을 쳐다보았다.

〈여어, 오랜만이야.〉

"언니가 나를 실험으로부터 지켜주었어요."

오니는 웃었다.

"언니가 없었으면, 지금쯤 저는 모르모트가 되었겠죠."

하지만 그렇게 되지 않았다.

천재는 언니다.

스타는 언니다.

모든 사람들의 주목이 언니에게 집중되었다.

마히루는 그렇게 되게끔 행동했다.

"설마 언니가 저를 감싸고, 혼자서 모르모트 역할을 도맡은 건가요?"

그러자 오니가 웃으며 말했다.

〈오, 이제야 네 안에 작은 욕망이 생겨났어.〉

"그런 이야기는 됐어요. 당신은 알죠? 왜 당신은 저를 떠난 거죠?"

그 물음에 오니는 답했다.

〈히이라기 마히루가 일단 네게서 나를 떼어내서 자기 안으로 거두어들였어.〉

그 말을 들은 순간, 몸이 굳어 버린 듯한 기묘한 감각에 빠졌다. 자신이 모르는 새에 언니가, 자신을 위해 희생하고 있었다.
마히루는 그 사실을 말하지 않았다.
계속 말하지 않았다.
어째서일까.
"…나를, 지키려고, 언니는…."
지금 와서 그런 소리를 해 봐야 소용이 없었다.
하지만 그렇게 생각하자마자,

〈말해도 돼. 여긴 네 마음속이야. 그리고 나는 네 파트너이기도 하지. 네 욕망의 방향만 알면 난 그걸 가속시킬 수 있어.〉

하지만 시노아는 알았다. 오니와 잘 사귀어 나가는 요령은 욕망을 지나치게 많이 주지 않는 것이다. 오니가 시키는 대로 했다가는 몸을 빼앗기고 만다. 언니가 그랬다. 옛날에 그렇게 가르쳐 주었다.
욕망을 컨트롤해야 한다. 오니가 파고들 틈을 주지 않도록 욕망을 컨트롤해야 한다.
하지만 그 경계심도 들키고 말았다.

〈아니아니, 너는 누가 뭐래도 이 실험의 완벽한 성공체거든. 오니에게 잡아먹힐 일은 없어. 너는 무한히 오니를 받아들일 수

있어. 몇 명이든. 몇 마리든.〉

믿지 마.

〈네 그릇은 히이라기 마히루 같은 것과 비교도 되지 않을 정도였어. 오히려 마히루 쪽에 있던 오니를 네가 받는 편이 나을 정도였지. 그렇게 해도 너는 아무렇지도 않을 테고, 오니를 기르고 있다고 네 입으로 말하지 않는 한 아무에게도 들키지 않았을 거야. 그러니 너는 나 같은 것의 말을 경계할 필요가 없어.〉

믿지 마. 믿지 마. 오니는 틈만 나면 거짓말을 하니까.
그리고 그런 시노아의 마음도, 오니에게는 전달되었다.

〈뭐, 그렇게 생각해도 상관은 없지만 말야.〉

시노아는 물었다.

"생각하는 건 전부 당신한테 들키는 건가요?"

〈너는 나니까.〉

시노아는 시카마도지를 지그시 쳐다보며,

"그러면 당신이 아는 것, 생각하는 걸 제가 알려면 어떻게 해야 하죠?"

그렇게 물었다.

그리고 마음속으로 상대에 관해 알려 했다.

그러자 오니가 미소를 띤 채 마음에 방어벽을 세우는 것이 느껴졌다. 벽을 높이기 시작한 것이 느껴졌다. 시노아의 의식이 자신에게 도달하지 않도록 오니가 마음을 보호했다.

그것을 느낀 시노아는 고개를 끄덕이며,

"아아, 마음을 안 들키려면, 그렇게 하면 되는구나."

자신의 마음에도 우리를 둘러쳤다. 자신의 마음이 오니 쪽으로 빠져나가지 않도록.

그러자 오니는 난감하게 됐다는 투로 이쪽을 본 채 웃었다.

〈봐, 한순간에 그걸 할 수 있게 된 것만 봐도 네가 히이라기 마히루와는 다른 차원의 천재라는 걸 알 수 있잖아. 너는 마음의 벽을 완벽하게 컨트롤할 수 있어. 오니조차 침입하지 못해.〉

안 믿어.

절대로 안 믿어.

벽은 끝없이 높게 유지해야지.

하지만 그런 생각이 상대에게 전해지지 않았다는 것도 알 수 있었다. 이제는 의식이 연결되어 있지 않다.

물론 그것이 이쪽을 방심시키기 위한 오니의 연출일 가능성도 있었지만.

"마음이 단절되어 버렸네요. 그래도 날 지킬 수 있나요?"

시카마도지는 미소 지었다.

〈지킬 수 있어. 인간은 살아남지 못하는 세계가 되겠지만 넌 이미 인간이 아냐.〉

"당신을 받아들여서?"

〈그래. 연습은 해야겠지만 이제 바깥세상에서도 낫을 쓸 수 있어. 눈을 떠 봐. 자기 몸은 자기가 지키도록 해.〉

"…눈을 뜨면 밖은, 어떻게 되어 있는데요?"

시노아는 물었다. 그러자 시카마도지는 시선을 돌려 옆을 보았다. 하지만 역시나 그곳에는 아무리 보아도 하늘부터 땅까지 새하얀 세계가 펼쳐져 있었다. 시카마도지는 이곳이 자신의 마음속이라고 했다.

이 하얀 세계에서 눈을 뜨면 밖은 지금, 어떻게 되어 있을까.

그러자 그 의문에 시카마도지가 답했다.

〈밖은 새빨갈 거야.〉

“새빨개요?”

〈그래. 빨리 일어나 주지 않으면 너는 짐만 될 거야. 이대로 가면 구렌이 죽어.〉

“…어.”
그녀는 중얼거렸다.
그러고서 눈을 뜨려 했다.
그러자—

◆

“우와아아아아아아아아아아아아아아!”
누군가의 절규가 들려왔다.
히이라기 시노아는 그 소리에 눈을 떴다.
시카마도지가 말한 대로, 확실히 바깥세상은 새빨갰다.
대량의 피보라가 흩날리고 있었다. 사람의 팔이며 몸이 절단

되어 공중을 날고 있었다.

"미안, 구렌! 한 명 그리로 갔어!"

"이쪽은 괜찮아! 넌 시구레랑 사유리를 엄호해…!"

"알겠어!"

신야와 구렌이 고함을 치는 듯한 목소리가 들렸다.

그리고 두 사람은 동료들과 함께 '귀주' 무기를 휘둘러 몰려드는 '미카도노오니'의 전투복을 입은 적들을 마구 죽여 대고 있었다.

온몸이 피투성이였다. 그렇게 될 때까지 대체 그들은 몇 사람이나 죽였을까.

"……."

시노아는 자신이 놓인 상황을 보았다.

자신은 구렌의 동료인 듯한 사람의 어깨에 업혀 있는 것 같았다. 그녀를 들쳐 업고 있는 남자는 필사적으로 달리며 오른손으로 파이프 같은 것을 든 채 그것으로 환술을 발생시키고 있었다.

"…쿠우우우우우, 후우우우우우, 후우우우우우우, 허억."

그는 숨을 헐떡이며 계속해서 파이프를 불었다.

"젠장, 숨 가빠 죽겠네에에에에에에. 이 짓을 언제까지 해야 하는 거야!"

그가 사용하고 있는 것도 '귀주' 무기로 보였다. 아니, '귀주' 무기가 없었다면 시노아를 들쳐 업고 이런 속도로 달리지 못했을 것이다.

평범한 인간에게는 불가능한 움직임이다.

구렌의 동료들도, 적들도 모두 '귀주' 무기를 들고 있었다.

'귀주' 장비를 지닌 자들끼리의 싸움이다.

분명 평범한 인간은 이곳에서 살아남지 못할 것이다. 오니를 몸에 받아들이지 않고서는.

시노아는 문득 오른쪽을 보았다. 화살이 이쪽을 향해 날아오고 있었다. 그 화살은 시노아를 들쳐 업은 남자를 노리고 있었다.

남자도 그것을 알아챘다. 그 움직임만으로 그가 강하다는 것을 알 수 있었다. 오른손으로 파이프를 입에서 떼더니 그 파이프로,

"망할!"

화살을 떨쳐냈다.

한 대.

두 대.

이어서 세 번째 화살이 날아왔다. 네 번째 화살도. 그러자 남자가,

"다들 미안! 나를 노리고 있어! 환술 일단 끊는다!"

그와 동시에 구렌이 말했다.

"문제없어! 네 몸부터 지—"

그렇게 외치려던 구렌에게 일곱 명이 덤벼들었다. 환술이 멈춘 순간, 구렌을 공격하는 인원수가 급격하게 늘었다.

구렌이 한 명을 죽였다. 두 명을 죽였다. 세 명을 죽이고 보니 네 번째, 다섯 번째 적은 강한 무기를 가지고 있었다. 그 공격을 다 막아 내지는 못할 듯했다.

그리고 시노아를 들쳐 업은 남자도 그 사실을 알아챘는지,

"아아아아아아아아진짜!"

그렇게 외치며 파이프를 불었다. 환술이 전개되었다. 그 환술은 구렌을 구해냈다.

그와 동시에, 아마도 시노아를 들쳐 업은 남자를 죽였다.

이 남자는 구렌을 구하기 위해 환술을 전개했고, 그 탓에 화살을 막지 못했다.

화살 한 대가 남자의 어깨에 꽂혔다.

"크."

한 대가 더 파이프를 든 손에 꽂혔다.

"젠장."

파이프가 땅에 떨어졌다.

그리고 마지막 한 대가 남자의 머리에 꽂히려던— 그 순간,

"시 짱."

시노아는 말했다. 자신의 손에 힘이 생겨난 것이 느껴졌다. 작게 접혀 있던 막대기 같은 것이 갑자기 커지더니 거대한 낫이 되었다.

느닷없이 눈앞에 낫이 나타난 것을 본 남자가,

"우오아."

라고 말했다.

시노아는 그 낫을 휘둘러 남자를 죽일 뻔한 화살을 떨쳐냈다.

그러고서 말했다.

"내려 주세요. 그리고 화살은 전부 제가 떨쳐내 드릴 테니 빨리 다시 환술을 펼쳐 주세요."

남자가 놀란 얼굴로 이쪽을 보더니 시노아를 내려놓았다.

"너, 꼬맹이 주제에 '귀주'를 쓸 줄 아는 거야? 너 대체 뭐냐?"

대체 뭐냐고?

아까도 그런 질문을 받았지만 대답하지 못했다.

하지만 지금은 대답할 수 있다.

시노아는 말했다.

"미소녀 천사 시노아요."

그러자 남자가 말을 받았다.

"이야, 진짜?! 그럼 나는 핸섬 미남 고시 노리토 군이야! 미남 선배라고 불러 줘."

"싫어요."

"…어, 어째서?"

"싫어요."

"어, 어, 어째서?"

시노아는 이 고시라는 남자와 같은 수준의 발언을 한 것인가

싫어 살짝 창피해졌다.

하지만 이 고시라는 남자의 행동은 올곧았다.

그는 동료를 지키기 위해 태연히, 아무렇지도 않게 자신의 목숨을 버리려 했다.

다시 말해 목숨을 버려도 좋다고 생각할 정도의 살아갈 이유를, 혹은 죽을 이유를 그는 가지고 있다는 뜻이다.

그것은 아주 약간 존경스러운 모습이었다.

시노아는 고시를 죽이려 하는 화살을 모조리 낫으로 떨쳐내며 물었다.

"…당신, 그렇게 구렌을 좋아하나요?"

"엉?"

"아까, 자기 목숨보다 구렌을 구하는 일을 우선시했잖아요?"

하지만 고시는 그 말을 무시하고 신이 나서 외쳤다.

"이야아 진짜 끝내주네. 시노아가 화살을 떨궈 준 덕에 환술을 전개하기가 상당히 편해졌어!"

확실히 전황은 단숨에 좋아진 듯 보였다. 구렌과 그 동료들까지 여섯 명으로 이루어진 팀이 적들과 팽팽하게 맞서고 있던 참에 시노아의 낫이 추가됨으로 인해 급격하게 팀의 움직임이 매끄러워지기 시작했다.

신야가 옆으로 다가와서 총을 쐈다.

"아, 시노아 일어났구나. 좋은 아침."

시노아는 신야를 쳐다보았다. 가까이 다가온 그는 마치 피를 뒤집어 쓴 듯 피투성이가 되어 있었다.

시노아는 답했다.

"좋은 아침이에요, 오빠. 그래서, 이게 대체 무슨 상황인가요?"

"세계의 종말을 향해 죽어라 달려가고 있는 중이야."

"오늘은 며칠인가요?"

그러자 신야가 손가락 하나를 세운 채 말했다.

"놀랍게도~ 15분 전에 크리스마스이브가 되었어. 메리 크리스마스이브♪"

그러자 고시가 환술을 전개하기 위해 파이프를 물며,

"이브이브."

라고 말했다.

다시 말해 오늘은 12월 24일이다.

세계 멸망까지 남은 시간은 앞으로 하루.

그런 상황에,

"…대체 어째서 아군끼리 살육을 하고 있는 거죠?"

시노아는 적들을 바라보았다. 적은 역시나 '미카도노오니'의 전투복을 입었다. 그리고 구렌과 신야는 적어도, 기분상의 문제는 둘째 치고 '미카도노오니'에 소속되어 있을 터였다.

결코 '햐쿠야 교' 측은 아니었다.

정말로 파멸을 하루 앞둔 상태라면 아군끼리 다툴 상황이 아닐 텐데, 대체 무슨 일이 있었던 걸까?

그러자 고시가 갑자기 진지한 표정으로,

"아가씨. 인간이란 마지막 한순간까지 다투지 않고는 못 배기는 생물이야. 이런 꼴을 어린애한테 보이고 싶지는 않았는데…."

묘하게 멋진 소리를 했다.

그 말을 들은 시노아는 뚱한 눈으로 신야를 보며 말했다.

"이 사람은 대체 뭔가요?"

"아하하."

신야는 웃었다.

그러던 참에 구렌도 합류했다.

"너, 정신이 들었냐. 나이스 타이밍. 덕분에 많이 편해졌다. 고시."

"어, 왜?"

"다 같이 너를 지켜주면, 환술을 더 넓게 퍼뜨릴 수 있겠냐?"

"으엉? 아~ 할 수 있지. 시노아, 잘 봐. 슈퍼 고시 님의―"

그런 소리를 하던 중에 빨간 머리 여자가 다가와서 고시의 등을 걷어찼다.

"됐으니까 빨리 하기나 해요!"

"아아얏. 잠깐, 미토, 방금 등뼈가 부러질 뻔…."

"빨리이이이이이이이이이이!"

미토라 불린 여자가 외쳤다. 아름다운 여자였다. 타오르는 불꽃처럼 이상하리만치 빨간 머리가 피를 뒤집어써서 더욱 빨개져 있었다.

고시가 말했다.

"할게, 하면 되잖아. 잘 보라고. 크리스마스이브에 걸맞은, 끝내주게 화려한 환상을 보여 줄 테니까."

숨을 한껏 들이쉬더니, 계속해서 들이쉬었다.

그런 고시를 노리고 여러 명의 병사가 덤벼들었지만,

"고시를 지켜! 환각이 전개된 틈에 이곳에서 이탈한다!"

구렌이 외치며 칼로 베었다.

신야가 쏴 죽였다.

미토와 구렌의 종자 두 명이 연계해서 몇 사람을 쓰러뜨렸다.

고시가 단숨에 파이프에 숨을 불어넣었다. 그러자 파이프 끝에서 엄청난 기세로 연기가 발생해, 순식간에 공간을 가득 메워 나갔다.

그 연기에 휩싸인 병사들이 외쳤다.

"거, 거짓말 아니거든?! 나 작년 크리스마스에 동정 버렸거든?! 오, 올해 크리스마스도 같이 보낼 사람 있거든?!"

"…아아아아아, 젠장. 아아아아젠장. 또 변변찮은 남자랑 해 버렸네. 아무리 크리스마스에 혼자 보내기 쓸쓸해도 그렇지… 젠장. 대체 이게 뭐하는 짓이람…."

"아, 아, 아니야아아아아아아! 산타 할아버지가 아빠였다니, 아빠가 산타 할아버지였다니, 아니야아아아아아아아아!"

곳곳에서 그런 소리가 들려오자.

구렌이 뚱한 눈으로 고시를 쳐다보았다.

"너, 대체 무슨 환각을 보게 하고 있는 거냐?"

그러자 고시가 답했다.

"아니, 크리스마스 직전이니 그거랑 연관된 마음속 트라우마를 자극한 것뿐인데…."

그러던 중에 계속해서,

"꺄아아아아아아아아아아."

"우와아아아아아아아아아아아아아."

"자, 잠깐잠깐! 왜 나는 파티에 초대를 못 받은 거야? 이상하지 않아? 이건 좀 말도 안 되지 않아?"

그런 비명소리가 들려오자 고시가 말했다.

"…엄청 잘 먹히네…."

신야가 웃었다.

"역시 크리스마스이브네. 구렌."

"응?"

"올해 우리한테는 같이 파티 할 동료가 있어서 다행인 것 같지 않아?"

구렌은 주변에 있는 동료들을 보며,

"…살아남아야 가능한 얘기지만 말이지."

지긋지긋하다는 투로 말했다.

그 말을 들은 시노아는 땅바닥을 보았다. 거기에는 수많은 시체가 나뒹굴고 있었다. 대체 그들은 몇 시간 동안 이런 싸움을 계속하고 있는 것일까.

그러고서 그녀는 생각해냈다. 자신이 의식을 잃은 것은 분명 정오 즈음이었을 터다.

"설마, 그때부터 계속 싸운 건가요?"

묻자 이어서 모여든 구렌의 종자 중 한 명이 가르쳐 주었다. 머리가 길고 정숙해 보이는— 살짝 '가슴'이 큰 여자였다.

"도망치고 발각되고 도망치기를 반복했어요."

그런 일을 반복한다고 대체 무엇이 바뀔까?

이미 모두가 몸도 마음도 완전히 소모된 듯 보였다. 육체적 피로는 '귀주'로 회복되겠지만 거기에도 한계가 있었다. 무한히 힘을 만들어낼 수 있는 것은 아니니.

잠도 자야하고 먹기도 해야 한다. 낮부터 십여 시간 동안 계속 싸우고 있었다면 아마도 이미 거의 한계에 다다랐을 것이다.

신야가 말했다.

"뛰자. 이탈해야 해."

그러자 일동이 달려 나갔지만,

"……."

시노아는 따라가지 않았다. 그것을 알아챈 구렌이 걸음을 멈추고 뒤를 돌아보았다.

"왜 안 따라와?"

시노아는 되물었다.

"왜 따라가야 하나요?"

"……."

"공격을 당하고 있는 건 저인가요? 당신들인가요?"

그러자 구렌 일행은 얼굴을 마주보고서 말했다.

"우리지."

"그럼 오히려 당신들을 따라가면 저까지 죽을 가능성도 있잖아요."

구렌은 고민스러운 표정을 지었다. 무엇이 최선인지를 생각하는 듯한 표정이었다.

"네 언니는 수배된 상태야."

"새삼스럽네요."

"마히루를 불러내기 위해 너를 붙잡아 고문—"

"해도 언니가 나타나지 않으리란 건 '미카도노오니' 여러분이 가장 잘 알 걸요."

적어도 언니는 내내 그렇게 생각하게끔 행동해 왔다.

"고문을 당한다 해도 저는 익숙하거든요. 그러니 저는 여기 남아서 '미카도노오니'에게 보호를 받으려고 해요. 으음, 그렇게 심하게 다루지는 않을 거예요. 어쨌든 저는 '히이라기'니까요. 그보다 당신들의 골인 지점은 어디인가요?"

"……."

"딱 봐도 기진맥진한 것 같은데. 계속 도망쳐 봐야 결과는 뻔해요."

끝에 도사리고 있는 것은 죽음이다.

이대로 가면 오늘 안에 죽을 것이다.

그들은 크리스마스이브에 죽는다. 세계가 멸망하는 내일이 되기 전에.

그럴 것이 뻔한데 대체,

"여러분은 무엇을 위해 그렇게 필사적으로, 전 세계를 적으로 돌려가면서까지—"

애를 쓰는 건가요? 시노아가 그렇게 물으려던 찰나.

구렌이 주머니에서 휴대전화를 꺼냈다. 아무래도 연락이 온 모양이다.

언니일까.

고시가 말했다.

"오, 드디어 전화가 온 거?"

구렌은 고개를 가로저었다.

"아니, 메시지야."

"뭐래?"

"두고 가도 된다는데."

꼭 이 상황을 보고 있는 사람 같은 말이었다. 언니는 늘 그랬다. 모든 것을 꿰뚫어 보고 있다는 듯 여유로운 미소를 띤 채 움직인다.

구렌이 그 메시지를 괴로운 표정으로 들여다보았다. 완전히 궁지에 몰렸다. 하지만 어쩌면 그는 죽지 않을지도 모른다는 생각이 들었다.

어쨌든 이 상황 자체가 언니의 손바닥 위에서 벌어진 일이기 때문이다. 언니는 괴물이다. 모든 것을 꿰뚫어 본다.

그리고 언니는 이치노세 구렌을 좋아했다.

그렇다면 구렌은 죽지 않을지도 모른다.

하지만,

"언니와 너무 깊이 얽히면 파멸할 걸요."

시노아는 말했다.

언니의 걸음은 너무나도 빨라서 따라잡으려 하는 자들을 절망시키고 만다.

구렌은 이쪽을 쳐다보며,

"…아니, 네 언니는…."

그렇게 말하려다가, 관뒀다. 무슨 말을 하려 한 걸까. 하지만 딱히 알고 싶지는 않았다. 어차피 그 언니가 무슨 생각을 하고 있는지를 알 수 있는 사람은 아무도 없을 테니.

하지만 조금.

아주 조금.

아까 마음속에서 오니가 했던 말이 마음에 걸렸다.

'네 그릇은 히이라기 마히루 같은 것과 비교도 되지 않을 정도였어. 오히려 마히루 쪽에 있던 오니를 네가 받는 편이 나을 정도였지. 그렇게 해도 너는 아무렇지도 않을 테고, 오니를 기르고 있다고 네 입으로 말하지 않는 한 아무에게도 들키지 않았을 거야.'

그런데 언니가 오니를 떠맡아 주었다.

나를 지키기 위해 떠맡아 주었다.

어째서?

가족이라서?

언니라서?

아니면 뭔가 다른 이유가 있어서?

어느 쪽이 되었든, 만약 그렇다면.

"……."

만약 그렇다면, 언니도 피해자라는 뜻이 된다.

하지만 그 질문은 할 수가 없었다. 구렌에게 다시 전화가 걸려왔다. 그는 그것을 받으며 달려 나갔다.

무언가를 향해.

시노아는 모르는, 상상도 되지 않는 어떤 골인 지점을 향해.

동료들은 그런 구렌을 따라갔다. 아무렇지 않게 구렌을 위해 목숨을 내놓을 듯한, 기묘한 동료들이었다.

그러던 도중, 고시가 달리며 이쪽으로 고개를 돌려 큰소리로 말했다.

"아! 시노아, 아까 물어봤던 거 말인데!"

그 말이 무슨 뜻인지 알 수가 없어서,

"…에?"

그녀는 다소 얼빠진 목소리를 흘리고 말았다.

아까, 뭐라고 물어봤더라.

고시가 말을 계속했다.

"세계를 구하기 위해서야. 크리스마스에 세계를 구해내면 끝내주게 멋질 것 아냐!"

그런 소리를 했다.

그 말을 듣고서야 그것이 어떠한 물음에 대한 답인지 알 수 있었다.

자신은 이렇게 물었다.

'여러분은 무엇을 위해 그렇게 필사적으로, 전 세계를 적으로 돌려가면서까지 애를 쓰는 건가요?'

그 답이 '세계를 구하기 위해서'였다.

그리고,

"……."

그 말을 들은 시노아는 뚱한 눈으로 피투성이가 되어 멀어져 가는 집단을 바라보았다.

작은 소리로 숨을 들이쉬었다.

내뱉었다.

다시 한번 들이쉰 뒤, 그녀는 나직하게 중얼거렸다.

"대체 뭘까요, 저 사람들은."

종말의 세라프
Seraph of the end

제 3 장 이브의 유우

Seraph of the end

12월 24일, 크리스마스 전날.

사이토는 고속도로에서 차를 몰고 있었다.

풍경이 흘러가는 속도가 빨랐다. 차는 적었다. 곳곳에서 '미카도노오니'의 내분이 일어난 탓에 교통규제가 이루어지고 있는 것이다.

"이봐."

조수석에서 어린애의 목소리가 들렸다.

"이봐, 너."

"……."

"이거, 어디로 가는 거야."

그쪽으로 눈길을 돌려 보니 검은머리 소년이 앉아 있었다.

이름은 '아마네 유이치로'.

가장 성공한, 중요한 실험체 중 한 명이다.

"이봐, 대답해."

그 말에 답해 주었다.

"시부야가 살짝 소란스러워질 것 같아 멀리 피난 가는 중이지."

"피난?"

"응."

"어디로?"

"'햐쿠야 고아원'이라는 곳."

"고아원…."

유이치로는 작은 목소리로 중얼거렸다. 그 말에 다정하게 웃어 주며 말했다.

"불안하니?"

"별로."

"고아원에 있는 아이들은 다들 착하니까 괜찮아. 분명 너라면 친하게…."

하지만 유이치로가 말을 가로막았다.

"나는 아무하고도 친하게 못 지내."

"그럴 리가 있나."

"아니야. 아무도 날 좋아하지 않아."

"어째서 그렇게 생각하지?"

"……."

"말해 봐. 어째서 그렇게 생각해?"

"왜냐하면, 엄마가 그렇게 말했으니까."

"흠."

"아빠도."

"아무와도 친하게 못 지낼 거라고?"

"…악마의 자식이라고."

분명 그 말은 옳다. 그는 세계를 멸망시킬 악마라 해도 좋을 정도로 커다란 힘을 지녔다.

하지만 악마가 낳은 것은 아니다. 악마는 아무것도 낳지 않는다. 악마는 이런 끔찍하고 아름다운 것은 낳지 않는다.

그는 누가 뭐래도 인간이 낳은 아이다.

사이토는 말했다.

"너는 악마의 자식이 아냐."

"하지만 엄마가 그랬어. 이상해져서 죽었어. 나 때문에."

유이치로는 눈에 눈물이 그렁그렁해져서 그렇게 말했다.

하지만 사이토는 그건 네 진짜 어머니도 아닌데 뭘, 이라고는 가르쳐 주지 않았다. 어차피 알아봐야 의미가 없으니. 그는 매우 커다란 흐름 속에 있는 존재다.

그 흐름을 거스를 수 없다면 분명 즐겁게 사는 편이 훨씬 나을 것이다.

뭐, 먼 옛날에 흡혈귀가 되어 버린 자신은 감정의 기복이 적어서 즐겁게 산다는 것이 어떤 것인지 도통 기억이 나지 않았지만.

"그런 표정 짓지 말고. 어린애는 웃는 편이 더 귀여우니까."

"귀엽게 보이고 싶은 생각 없어."

유이치로는 고개를 돌린 채 창문 쪽으로 몸을 돌렸다.

등에 대고 말했다.

"고독해?"

"……."

"네가 정 악마인 것 같다면."

"……."

"살 가치가 없는 것 같다면."

"……."

"죽고 싶다면 문 열고 뛰어내려 버려. 지금 차는 130킬로 이상으로 달리고 있어. 간단히 죽을 수 있을걸."

"……."

유이치로는 대답하지 않았다.

그저 어깨를 파르르 떨 뿐.

그는 문을 열지 않았다.

다시 말해, 살아갈 힘이 있다는 뜻이다. 미래에 기대를 품고 있다는 뜻이다. 자신과는 달리. 너무 오래 살아서 사는 게 지긋지긋한 자신과는.

"안 죽을 건가 보네. 그러면 뭔가 좋은 일이 있을 거야."

그러자 유이치로는 토라진 투로 말했다.

"없어."

"있을 거야."

"없어."

"하하, 있을 거래도. 인생의 선배가 하는 말이니 틀림없어. 누군가를 만나고, 행운과 맞닥뜨리고. 그런 일은 처음 겪으면 엄청 즐겁기 마련이거든."

뭐, 그 좋은 일조차도 너무 오래 살다 보면 지쳐 버리지만 말이지. 사이토는 문득 천 년 이상을 살아온 자신의 기억을 돌이켜 보았다.

여러 만남이 있었다.

좋은 만남도 있었을 터다.

재미있는 일도 있었던 것 같다.

하지만 그중 대부분을 기억하지 못했다. 과거에 인간이었을 적에도 수없이 많이 감동했을 터인데, 그것도 기억나지 않았다.

자신에게도 가족과 동료가 있었을 텐데.

"햐쿠야 고아원에 가면 넌 동료를 만날 수 있을 거야."

"동료 같은 거 없어."

"있어."

"없어!"

아니, 정말로 있다.

어쨌든 그곳에 있는 아이들은 모두 비슷한 실험을 받은 모르모트니까.

모르모트 동료가 몇 명이나 그곳에 있다.

하지만 그 사실은 뭐, 지금은 아무래도 좋다. 유이치로는 연구소에서 나와 새로운 환경에 놓여질 것이다.

그는 이후, 어떤 이야기를 자아낼까.

"……."

등 뒤에서 폭발음이 들려왔다. 유이치로에게는 안 들렸을 것이다. 하지만 흡혈귀가 되어 버린 자신에게는 희미한 소리까지 모조리 들렸다.

비명이.

절규가.

시부야는 현재, 전쟁 상태였다.

'햐쿠야 교'와 '미카도노오니'.

두 개의 주술 조직이 세계가 멸망하는 내일을 앞두고 마지막 패권 싸움을 벌이고 있다.

그리고 모든 일이 시나리오대로 진행된다면 세계는 내일 멸망할 것이다.

오늘은 크리스마스이브.

파멸—카타스트로피의 전날.

사이토는 휴대전화를 꺼냈다. 주소록에서 이름을 찾아 전화를 걸었다. 전화를 건 곳은 실험장이었다.

그곳의 이름은 햐쿠야 고아원.

몇몇 시설은 '종말의 세라프' 실험을 하고 있다는 사실이 발각되어 흡혈귀의 손에 파괴되었지만 정말로 우수한 아이들이 모여 있던 곳은 미리미리 이전시켜 두었다.

그것도 '미카도노오니'를 배신한 자들이 관할하고 있는 땅에 자리한 시설로. 그들의 적대 조직이 소유한 시설로.

흡혈귀들은 그 사실을 모른다. 인간을 얕보고 있어 세세하게는 조사하지 않기 때문이다.

상대가 전화를 받았다.

[네.]

“여어, 원장 선생.”

[아아, 사이토 씨, 역시 무사하셨군요.]

“난리도 아니었지. 시설이 여덟 개나 파괴됐어.”

[어, 그러면, 아이들은.]

“많이 죽었지.”

[아아, 아아… 어쩜 이런 일이.]

슬픔에 찬, 괴로움으로 가득한 목소리가 들려왔다. 그녀는 정말로 아이들을 좋아한다. 그런 실험을 거듭하고 있음에도 그녀는 진심으로 아이들을 사랑한다. 그리고 그것은 그녀의 시설에 있는 아이들의 정서에 좋은 영향을 미치고 있다. 그래서 비교적 안정된, 마음이 강한 아이로 자라났다.

그렇기에 그녀의 시설에 우수한 아이들이 모이도록 손을 써두었던 것이다.

좋은 실험체를 만들어내 주기에.

“그래서, 부탁이 있는데.”

[뭔가요.]

“한 사람 더 그쪽으로 데려갈까 해.”

[한 사람 더… 어떤 애인가요?]

사이토는 부루퉁한 얼굴로 조수석에 앉아 있는 유이치로를 보며 말했다.

"귀여운 애야."

"안 귀여워."

유이치로는 툭 내뱉듯 중얼거렸다.

사이토는 그것을 보고 웃으며,

"아마 운명의 아이일 거야. 내가 그에게 보내는, 악마."

그렇게 말했다.

하지만 그 말의 의미는, 원장에게 전달되지 않은 듯했다.

그리고 돈다.

돌고 또 돈다.

운명의 수레바퀴가.

사이토는 핸들을 손가락으로 통통 두드렸다.

그러자 마치 그 소리에 박자를 맞추듯 빗방울이 앞유리를 두드리기 시작했다.

똑, 후두둑.

"…어이쿠, 비가 오네."

금세 빗발이 거세졌다.

"마침 잘 됐군. 크리스마스 전에 피가 씻겨나가 말끔해지겠는걸."

그는 그렇게 중얼거리며 셋째손가락으로 레버를 탁, 하고 내려 와이퍼를 작동시켰다.

제 4 장 여동생이 말하는 내일

"허억, 허억, 허억."

한심스럽게도 거친 숨이 입에서 흘러나왔다. 아까부터 필사적으로 숨을 고르려 했지만 좀처럼 쉽지가 않았다.

"허억."

히이라기 쿠레토는 힘껏 숨을 토해내며, 쿵쾅거리는 심장고동을 억누르고자 왼손으로 가슴을 부여잡았다.

그러면서 왼손에 쥔 칼, '라이메이키'의 힘을 온몸에 둘렀다.

한순간이라도 긴장을 풀면 죽는다.

그런 상황이 벌써 몇 시간이나 계속 이어지고 있었다.

배신자가 있었다. '히이라기'를 지켜야 할 명가 중 적어도 니이 가, 쿠키 가, 두 개 가문이 반란을 일으킨 것이 확인되었다.

다른 가문들도 추가로 배신했을지도 모른다. 정보가 복잡하게 뒤엉켜 있었다. 마히루가 그렇게 되도록 손을 써두었기 때문이다. 계속 그녀보다 한 발 늦고 있다.

같은 히이라기의 피를 이은 자로 태어났지만, 그녀는 예전부터 진짜배기 천재였다. 그녀에 비하면, 자신은 버러지만도 못했다. 하지만 그런 것은 아무래도 좋았다.

지금 눈앞에서 일어난 문제에 대처해야만 한다.

그것도 당장.

"……."

적이 덤벼들었다.

'미카도노오니'의 전투복을 입은 적이.

"쿠레토 님! 전선에 서지 마십시오!"

종자인 산구 아오이가 외쳤다.

하지만 쿠레토는 무시하고 앞으로 나아갔다. 그러지 않으면 진다는 것을 알았다. 적은 믿을 수 없을 정도로 강하다. 그래서,

"울어라, '라이메이키(雷鳴鬼)'!"

쿠레토는 외쳤다.

찰나, 자신이 쥔 칼에 번개가 깃들었다. 아니, 온몸에 번개가 퍼져 근육 운동을 억지로 가속시켰다. 근육이 찢어지려는 것을 오니의 저주가 억지로 회복시키고 가속시켰다.

지금 필요한 것은 속도다.

적을 상회하는 속도.

적을 죽이기 위한 속도.

배다른 여동생을.

'히이라기 마히루'를 상회하는 속도를 내 놔라, 오니!

"우, 오오오오오오오오오오오!"

그리고 그의 검은 단칼에 몇 명이나 되는 인간을 죽였다.

일격에 전황을 바꿀 정도의 기세로.

하지만 본래는 그런 식으로 싸울 필요는 없을 터였다. 소소한

쿠데타 진압에 쿠레토가 직접 참가할 필요는 없을 터였다.

어쨌든 히이라기 가의 힘은— 이치노세, 니이, 산구, 시진, 고시, 리쿠도, 시치카이, 하츠케, 쿠키, 주조— 이 모든 가문이 일제히 반기를 든다 해도 진압할 수 있을 정도로 강대했으니.

그렇기에 쿠데타가 일어나 국소적으로 불리한 상황이 벌어진다 해도 두 시간 정도만 버텨내면 전황은 바뀌어야 맞았다.

힘으로 모든 것을 굴복시키면 그만이기 때문이다.

하지만 이곳에서의 교전은 하루 이상 이어지고 있었다.

태양이 기울어지고 하늘이 새빨갛게 물들기 시작했다.

해가 지려 하고 있다.

장소는 제1시부야 고등학교.

히이라기 가의 본거지에 가까운 장소다.

이미 증원 부대는 도착했다. 정세도 개선되기 시작했다. 전 세계에서 동시에 발생한 것으로 보이는 쿠데타도 서서히 수습되기 시작했다는 정보는 들어왔지만, 이곳에서 발생된 반란만은 어째서인지 좀처럼 진압되지가 않았다.

그리고 그 이유는 명백했다.

이곳에 그녀가 있기 때문이다.

히이라기 마히루가 있기 때문이다.

마히루는 강했다. 본인의 기량뿐만이 아니라 병사를 운용하는 수완도 특출하게 좋았다.

저쪽이 숫자는 압도적으로 적건만 쿠레토는 도무지 이곳을 제압할 수가 없었다.

덤으로 마히루는 쿠레토를 죽이러 오지 않았다. 그녀 본인이 나서면 죽일 수 있었던 순간이 몇 번이나 있었을 텐데도 그렇게 하지 않았다.

그저 부하들의 목숨만 헛되이 사라져 갔다.

"…제길."

공연히 시간만이 소비되어 간다.

"…제길, 젠장."

만약 이 꼴을 아버지가 보면 이렇게 말할 것이다. '쿠레토, 역시 네게는 히이라기를 자칭할 자격이 없구나'라고.

자신이 아버지라도 그럴 것이다. 이토록 현격한 실력차를 보였건만 자신이 계속 살아 있을 가치가 있을까.

그는 마히루가 '히이라기'의 이름을 잇겠다면 당장에라도 후계자 자리를 양보해도 좋다고까지 생각했다.

'히이라기' 정도로 커다란 권력과 수많은 인간의 목숨을 맡고 있는 조직은 우수한 인간이 관리하는 것이 옳기 때문이다.

하지만 그녀는 '히이라기'가 아니다. 아군은커녕 적이었다. 니이와 쿠키를 홀려 '햐쿠야 교'에 붙게 만든 녀석이다. 심지어 그 목적은 전혀 짐작도 되지 않았다. 단순한 복수나 파괴 욕구에 따라 그런 짓을 하고 있는 것으로밖에 보이지 않았다.

아니면 완전히 오니에 씐 이상자이거나.

"…후자겠지, 마히루. 넌 구렌에게 집착하고 있는 것뿐이다."

그는 적을 죽이며 나직히 중얼거렸다.

결국 이곳에서 그녀를 죽여둘 필요가 있었다. 그녀는 오니에 씌어 사랑에 집착하는 괴물이다. 이대로 살려 두면 히이라기 가에— 아니, 아마도 이 세계에 좋지 않다.

그러니 죽여야 한다.

죽여야 한다, 죽여야 한다, 죽여야 한다!

"이 자리에서 너를, 죽일 필요가 있다는 말이다!"

쿠레토는 칼을 치켜든 채 마히루를 향해 달렸다.

등 뒤에서는 여전히 아오이와 부하들이 말로 제지하며 쫓아오고 있는 것이 느껴졌지만 어차피 따라붙지 못할 것이다.

히이라기 마히루에 비하면 천재가 아니지만 어쨌든 그도 다음 대에 '히이라기'의 이름을 이을지도 모르는 자이기 때문이다.

여기서 누군가에게 따라잡히기라도 하는 날에는 아무도 자신을 따르지 않을 것이다.

그렇기에 그는 달렸다. 칼을 휘둘렀다. 스무 명의 목을 칼로 친 참에 히이라기 마히루가 있는 장소에 도달했다. 하지만 그는 멈추지 않았다. 번개를 두른 칼을, 마히루의 목을 향해 날렸다.

마히루가 이쪽을 보았다.

빙긋 웃었다.

그 목을, 쳤다!

"……."

그렇게 생각했지만 손맛이 느껴지지 않았다.

그녀는 고개만 조금 움직여 그것을 피해냈다.

그녀는 빈손이었다. '귀주' 무기를 지니고 있는 것처럼은 보이지 않았다. 오니의 힘을 쓰고 있는 듯한 낌새도 없었다.

그런데도,

"죽어라!"

쿠레토는 칼을 내리쳤다.

하지만 그녀는 그조차도 간단히 피하며 말했다.

"오빠도 참, 단독으로 이렇게 앞에까지 나와서—"

끝까지 말하지 못하도록 한 번 더 칼을 휘둘렀다.

하지만 맞지 않았다.

"대체 뭘 증명하려는 거야?"

번개를 휘둘렀다. 하지만 맞지 않았다.

"너무 성급하게 굴면—"

"죽어라, 마히루."

"약한 개가—"

"죽어라, 괴물."

"필사적으로 나약함을 감추려는 게 훤히—"

"여기서, 죽어다오!"

하지만 결국 '라이메이키'는 마히루에게 닿지 않았다.

마히루가 주먹을 치켜들었다. 그 동작은 느릿해 보였다. 피할 수 있을 터다. 여유롭게 피할 수 있을 듯했다. 하지만 '라이메이키'로 가속한 몸을 완전히 뻗어, 잠시 멈춰 있던 순간을 노린 마히루의 주먹은 쿠레토의 뺨을 매우 간단히 맞췄다.

"…억."

무시무시한 충격이 안면에 퍼져 나갔다. 목이 빙글 돌았다. 반고리관이 뒤흔들려 평형감각을 잃었다.

'귀주'를 온몸에 퍼뜨려 반고리관에 입은 대미지를 회복하려 했다. 그러지 않으면 무릎이 꺾여 쓰러지고 말 듯했다.

구구구구. 저주를 써서 억지로 평형감각을 되찾으려던 찰나—

"아하하."

마히루의 아름다운 미소가 시야에 들어왔다. 그러더니 그녀가 쿠레토의 목을 붙잡았다.

그런 마히루의 팔을 절단하고자 '라이메이키'를 휘두르려 했지만—

"움직이지 마, 약골."

그렇게 말하며 한 번 더 얼굴을 후려쳤다.

이번에도 이상할 정도로 큰 충격이 퍼졌다. 그것은 명백히 인간의 힘이 아니었다. 아니, 오니의 것조차 아닌 압도적인 힘이었다.

그 일격으로 왼쪽 안구가 박살났다.

뇌도 손상된 듯했다.

"……큭."

칼을 쥐고 있던 손의 감각이 사라졌다. 축 처져 움직이지 않았다. 무릎이 꺾였다. 마히루에게 목을 붙잡힌 상태라 간신히 서 있는 상태가 되었다.

"쿠레토 님!"

조금 떨어진 곳에서 아오이의 목소리가 들렸다.

부하들도 자신의 이름을 부르고 있었다. 여동생에게 꼼짝도 하지 못하는, 나약한 자신의 이름을.

쿠레토 님.

쿠레토 님.

쿠레토 님.

"…제길."

온몸에 힘이 들어가지 않았다. 아니, '귀주'의 힘을 모두 왼쪽 눈과 뇌의 손상을 복구하는 데 쓰지 않으면 아예 움직이지도 못하게 될 것이다.

"……."

남은 오른쪽 눈으로 쿠레토는 여동생을 바라보았다.

짜증날 정도로 아름답고 절대적인 힘을 지닌 여자가 그곳에 있었다. 그녀는 이 피투성이 전장에서 피 한 방울 묻지 않았다.

이상하다.

있을 수 없는 일이다.

이런데도 반은 같은 피가 흐르고 있다니, 이건 너무—

"…불공평하잖아."

뇌가 손상되어 어렴풋한 의식으로 쿠레토는 여동생을 바라보며 중얼거렸다.

그러자 마히루는 동감이라는 듯한 표정으로 고개를 끄덕였다.

"그러게. 나도 평범한 여자애로 태어나서 사랑 같은 걸 해 보고 싶었는데… 정말 불공평해."

비아냥거리려고 하는 소리가 아니었다. 그녀는 진심으로 그렇게 생각하는 듯했다.

뺨에 차가운 물방울이 똑, 하고 떨어졌다.

비다.

똑, 후두둑.

금세 빗발이 거세졌다. 장대비다.

비가 쿠레토의 온몸을 더럽힌 피를 씻겨 주었다.

제아무리 히이라기 마히루라 해도 비에는 젖는 모양이었다. 눈앞에 자리한 잿빛을 띤, 길고 고운 머리로 빗방울이 떨어졌다.

쿠레토는 마히루를 바라본 채 말했다.

"…죽여라."

마히루는 살며시 눈을 동그랗게 뜨고,

"그렇게 쉽게 포기하면 또 아버지께 혼나."

"…핫, 넌 혼나본 적이나 있냐?"

"없지만서도."

쉽게도 말했다.

계속 비교당해 왔다. 어떤 시험이 되었건 늘 그녀가 높은 성적을 거두었다. 아무리 노력해도 그녀를 넘어설 수가 없었다. 질투는 나지 않았다. 그녀가 더 우수하다면 그녀가 '히이라기'를 이으면 그만이다. 그뿐이라 생각했다.

하지만 아버지의 반응은 달랐다. 아버지는 쿠레토가 그녀를 넘어서기를 바랐다. 직접적으로 말을 한 것은 아니다. 아버지는 그런 짓을 하지 않는다.

다만 넘어서기 위한 과제를 끝없이 늘려 나갔다. 어리기는 했어도 그것이 명백히 마히루를 넘어서기 위한 것임을 쿠레토는 알았다.

그에 담긴 메시지는 이러했다. 직접적인 말은 아니어도 결국 아버지가 쿠레토에게 하고 싶었을 말은.

'또 네가 졌다. 여동생한테 진 것이 한심하지도 않으냐?'

물론 한심하다고 생각한다.

어찌 되었든 한 번도 이긴 적이 없으니.

아무리 노력을 거듭해도, 아무리 단련을 해도 그 성과가 전혀 마히루에게는 미치지 못했다.

그리고 그 도중에, 뒤늦게 그녀가 꺼림칙한 실험으로 태어난 산물이라는 사실을 알게 되었지만. 그래서 그녀는 '히이라기'를 배신한 것이라거나, 애초에 그녀는 위험한 실험체이고 지나치게 불안정해서 '히이라기'를 이을 수 있는 존재가 아니었다거나, 그렇기에 아버지가 자신에게 과한 요구를 한 것이었다는 사실을 뒤늦게 알게 되기는 했지만 자라나는 동안 형성된 마음의 형태가 바뀌는 일은 없었다.

그의 마음속에 자라난 것은 히이라기 가에 걸맞은, 마히루를 넘어서는 힘을.

책임감을.

명석함을.

넓은 시야를 가져야 한다며 자신을 다그치는 초조함이었다.

더. 좀 더, 더욱, 더더욱 히이라기 마히루를—천재를, 괴물을 넘어설 정도로 넓은 시야를 가져야 한다.

"……."

왼쪽 눈의 수복이 끝났다.

두 눈을 부릅뜨고 아름다운 여동생을 바라보았다.

"어차피 나는, 널 이기지 못해."

"후후, 뭉개진 눈이 낫다니, 이미 오빠도 인간이 아니구나."

"'흑귀'다. 현재, 인간이 사용할 수 있는 최고위의 힘을 지닌 오니."

그러자 마히루는 쿠레토가 든 칼을 내려다보며 말했다.
"'라이메이키'구나."
잘 안다는 듯한 표정이다.
그녀는 언제나, 무엇이든 안다.
"역시 오빠야. 그를 굴복시키기는 힘들었을 텐데. 인간성은 얼마나 남았어?"
그 물음에 쿠레토는 말했다.
"인간이기를 그만뒀는데도, 너를 따라잡을 수 없었다."
"오빠치고는 보기 드문 그 의미 없는 푸념은 시간벌이용이지?"
물론 그렇다. 시간벌이다.
그리고 그것이 들통 났다는 사실도 알았다. 그녀의 움직임을 여기서 묶어 두고 있는 동안, 쿠레토와 마히루를 에워싸는 모양새로 이백 명의 저격수를 배치할 셈이었다.
마히루가 웃었다.
"연기가 너무 어설퍼, 오빠."
하지만 딱히 연기는 아니었다. 마음이 그녀에게 굴복한 것은 사실이었다. 그야말로 어릴 적부터 계속. 지금도 그녀가 평범한 인간이었다면 그녀가 히이라기의 이름을 이어야 한다고 생각한다.
하지만 그런 것을 여기서 설명할 필요는 없었다. 왜냐하면 이미,
"시간벌이는 끝났다. 어설픈 연기로도 충분했군."

"하하, 하지만 어차피 부하들은 못 쏴."
"어째서지?"
"나는 오빠를 방패로 삼을 거야. 쏘면 오빠도 휘말려 들 것 아냐."
하지만 쿠레토는 말했다.
"산구 아오이라는 종자가 있다. 그녀는 나를 위해서라면 죽음도 마다하지 않지."
마히루는 약간 혐오감이 섞인 표정으로 말했다.
"그런 애들투성이네, 히이라기에는."
"하지만 그녀는 나의 죽음을 용납지 않을 거다. 그녀는 나를 위해서는 죽을 수 있지만 내가 위험에 처하는 일은 결코 용납지 않지."
순간, 마히루가 이쪽을 보았다. 조금 초조한 표정이었다. 머리 좋은 그녀는 방금 한 말로 모든 것을 알아챈 것이다.
산구 아오이는 쿠레토가 위험에 처하는 일을 용납지 않는다.
그럼에도 현재, 아오이는 쿠레토의 곁으로 달려오지 않고 있다.
쿠레토 님! 걱정 섞인 투로 소리를 지른 인간은 몇 사람이나 있는데 아무도 구하러 오지 않았다.
그 이유는?
마히루가 말했다.
"오빠 설마, 환술을 쓰고 있는 거야?"

쓰고 있었다.

'라이메이키'를 휘둘러 전장에서 날뛰는 동안, 계속 쓰고 있었다.

그 환술의 대상은?

아군이다. 쿠레토는 자신이 다른 위치에서 날뛰고 있는 것처럼 보이도록 환술을 사용했다. 마히루와 싸우고 있는 것도 다른 남자 간부로 보이게끔 해 두었다.

그러니,

"부하들은 쏠 거다. 나를 내가 아니라 생각하고 말이다."

"칫!"

마히루가 달아나려 했다.

쿠레토는 그녀의 머리를 붙잡았다. 비에 젖은, 잿빛 머리를.

마히루가 이쪽으로 몸을 돌리며 손날을 휘둘렀다. 쿠레토의 팔이 찢겨 나갔으나 그는 아랑곳 않고,

"'라이메이키'!"

오니의 이름을 외쳤다. 칼이 주변에 번개를 내쏘았다. 마히루를 노린 것은 아니다. 맞지 않을지도 모르기에. 그래서 자신도 휘말려 들게끔 내쏘아 그녀에게 몸통박치기를 했다.

"뭐야?!"

그런 마히루의 목소리가 들려왔지만 그것도 개의치 않았다. 그녀의 움직임이 약간 무뎌졌다. 감전된 것이다. 번개가, 그녀가

입은 것 이상의 대미지를 자신의 몸에 입혔음을 알 수 있었다. 내장이 타올랐다.

하지만 그것도 개의치 않았다. 이만한 괴물을 쓰러뜨리려면 희생이 필요하다.

그녀를 땅바닥에 엎어뜨렸다.

그녀는 이쪽을 올려다보며 말했다.

"정말 죽으려고?"

쿠레토는 웃었다.

"그럴 만한 가치는 있지."

그녀는 이 세계에 좋지 않은 존재다.

내일 세계가 멸망한다 해도.

만약 그것이 사실이라 해도, 그녀를 죽이면 미래가 바뀔지도 모른다.

그러니,

"너는 여기서 죽어라. 그게 지금 내가 해야 할 일이다."

쿠레토는 칼을 치켜들었다. 번개를 퍼뜨려서는 그 번개를 하늘로 내쏘았다.

그것이 신호였다.

쾅! 귀를 찢을 듯한 굉음이 전장에 울렸다. 비와 바람, 그 밖의 모든 소리를 집어삼킬 만큼 커다란 소리였다.

그것은 일반적인 '귀주' 장비가 아닌, 강한 능력을 지닌 저격수

이백 명이— 일제히 이쪽을 저격하는 소리였다.

달아날 곳은 없다.

그렇게 되게끔 명령을 내려뒀다.

죽을 것이다, 자신은. 하지만 그래도 좋다. 이 세계에 필요한 일을 했으니….

하지만 그때,

"정말이지."

마히루가 말했다. 목을 붙잡혔다. 뿌득, 목이 꺾인 채 땅바닥에 내동댕이쳐졌다.

그리고 그녀는 일어났다. 그녀의 주변으로 이백 발의 주탄(呪彈)이 날아들고 있었다. 그를 맞아 그녀는, 눈을 감았다. 마치 닥쳐드는 주탄을 온몸으로 느끼는 듯 보였다.

찰나, 그녀는 어느 방향으로 어떤 식으로 움직이면 그 주탄을 막아 낼 수 있을지를 파악하려 했다.

오른쪽 어깨가 미세하게 움직였다. 왼쪽 다리가 뒤로 조금 물러났다.

대응할 셈이다.

그녀는 이 모든 것에 대응할 자세를 취하려 하고 있다.

그리고, 그녀는 움직였다.

스커트 주머니에서 작은 막대기 같은 것을 꺼냈다. 그것이 조금 커져 나이프 같은 형태가 되었다. 그 나이프로 그녀는 주탄을

떨쳐내기 시작했다. 사방팔방, 360도에서 육박해 오는 주탄을 닥치는 대로 베어내며,

"검이여, 피를 빨아라—"

라고 중얼거렸다.

순간, 나이프에서 가시덩굴 같은 것이 튀어나와 그녀의 손에 달라붙더니 쪼륵, 하고 그녀의 피를 빨기 시작했다.

그것이 무엇인지, 쿠레토는 알았다. 흡혈귀가 사용하는 무기다.

그것도 귀족이.

마히루는 그것을 사용했다. 그녀의 움직임이 더욱 가속되었다.

완벽하게 인간의 움직임이 아니었다.

오니로 가속해도 불가능하다.

도저히 당해낼 수가 없다. 혼자서 저런 움직임을 취하는 괴물을 이기는 일은 불가능하다. 하지만—

"…앗."

그녀가 드디어 피탄했다.

고통 어린 목소리를 흘렸다.

왼쪽 어깨에 탄환을 맞았다.

이어서 오른쪽 옆구리에.

왼쪽 허벅지에.

결국 혼자서는 아무것도 못 한다. 아무리 강해도 거대한 조직 앞에서는 어찌 할 방도가 없다.

그녀의 몸이 빙글빙글 돌며 후방으로 날아갔다.
마치 춤이라도 추듯 아름답게 회전하며 날아갔다.
그것을 바라보며.
쿠레토는 그것을 바라보며—
금세 알아챘다.
그녀는 피탄해도 상관없다고 판단한 공격으로 인해 발생되는 충격을 이용해 이동하기로 선택을 한 듯했다.
그대로 그녀는 쿠레토에게 다가와 팔을 붙잡았다.
온몸에 탄환을 맞으며 이쪽을 본 채 느긋하게 웃었다.
"아쉬워라. 대처해 버렸네. 살아서 도망치자, 오빠."
"뭣…."
팔이 쑥 빠질 정도의 힘으로 잡아당기더니, 상공으로—공격이 날아들지 않는 머리 위로 도약했다.
그 역시 인간이 도약할 수 있는 높이가 아니었다. 하지만 그것은 명백한 실수다. 뛰어오르는 속도는 도약할 때의 힘으로 조절할 수 있지만 낙하 속도는 그렇지 못하다.
쿠레토는 자신의 팔을 붙잡은 마히루에게 말했다.
"바보 같으니. 이러면 절호의 표적이 될 거다."
하지만 마히루는 웃었다.
"정말 그럴까?"
주머니에서 이번에는 주부(呪符)를 꺼냈다. 그것은 히이라기가 사용하는 주부였다.

대충 보면 내용은 알 수 있다. 환술을 사용하기 위한 것이다. 지극히 기초적인 것이라 사용하기가 그리 어렵지 않은 주부. 그렇기에 사용자의 능력에 따라 효과가 달라진다.

술자의 능력에 따라 효과 범위며 상대에게 먹힐지 어떨지가 결정되고 만다.

쿠레토는 그 주부를 동시에 일곱 장까지 사용할 수 있었다.

그녀는 현재, 손에 백 장 이상의 주부를 들고 있었다.

쿠레토는 그것을 보고 말했다.

"…그렇게 많이, 사용할 수 있을 리가."

"발동은 무리겠지. 하지만 해주(解呪)는 할 수 있어."

그러나 쿠레토가 사용한 것은 기초적인 환술이 아니었다. 그 주부로 해주할 수 있을 리가 없다.

그래서 그녀가 무슨 짓을 하려는 것인지 알 수가 없었다.

"대체…."

그녀는 그 주부를 흩뿌렸다. 백 장의 주부가 마치 작은 소용돌이를 일으키듯 빙글빙글 돌며 전장에 퍼져 나갔다.

그리고 그 순간, 환술이 걷혔다.

쿠레토가 사용했던 환술이 아니었다.

이곳에서는 다른 환술도 전개 중이었던 것이다.

그것이 갑작스럽게 걷혔다.

쿠레토는 전장을 내려다보았다.

전장에는 놀랍게도, 거의 적이 없었다.

있는 것은 아군 병사들뿐이었다.

수없이 많은 아군 병사들이 있지도 않은 적들에게 무기를 휘두르고 있었다.

하지만 그 모든 것들이 사라졌다.

모두 다.

하나부터 열까지 이 여자가 내뱉은 헛소리였고, 쿠데타 같은 것은 일어나지 않았다.

그것을 본 쿠레토는 큰소리로 외쳤다.

"다들 상공을 봐라! 나와 함께 히이라기 마히루를 죽—"

하지만 그것을 상회하는 목소리로 마히루가 외쳤다.

"쏘지 마라! 우리는 '히이라기'! 히이라기를 살해하는 죄를 지을 셈이냐!"

그로써 모든 것이 멈추고 말았다.

모조리 다 멈추고 말았다.

그녀도 히이라기.

자신도 히이라기.

이러고 보니 꼭 평범한 형제 싸움 같았다.

마히루에게 얻어맞았다. 그리고 자신의 몸은 엄청난 속도로 낙하했다. 머리부터 땅바닥에 곤두박질쳤다. 대미지가 심각하다.

이미 팔은 찢겨 나갔고 목뼈는 부러졌으며, 방금 전 낙하로 입은 대미지가 얼마나 될지는 짐작도 되지 않았다.

'귀주'를 혈액에 실어 온몸에 퍼뜨리지 않았다면 진작 죽을 수 있었을 텐데.

이렇게, 산 채로 수치를 당하는 일 없이.

마히루는 천천히 내려왔다. 옆에. 두둥실 떠오른 스커트가 들춰지지 않도록 살며시 붙잡은 채.

누구도 그 무시무시한 광경에 당황해 공격하지 않았다.

아니, 하지 못한 것이리라. 이런 괴물을 상대로 어떻게 싸우면 좋다는 말인가?

그녀는 천천히 다가왔다. 즐거운 듯, 여유로운 얼굴로.

쿠레토는 간신히 고개를 들었다. 하지만 그 이상은 상체가 움직이지 않았다.

그는 물었다.

"…어째서, 웃는 거냐. 승리했다고 기뻐할 정도의 상대는, 아닐 텐데."

마히루는 웃었다.

"비굴하게 굴지 마, 오빠. 적어도 오빠는 나보다 훨씬 인간다우니까."

"날 깔보는 거냐."

"아하하."

즐거운 듯 웃는 마히루에게 물었다.

"…그럼 전부 환술이었고, 쿠데타는 일어나지 않은 거냐?"

그녀는 역시나 웃을 뿐이었다. 마치 쿠레토에게 스스로 답을 찾아보라고 말하듯이. 아니, 물론 그녀에게는 답할 이유가 없겠지만.

"……."

쿠레토는 생각했다.

쿠데타는 이미 전 세계에서 일어났다. 그에 관한 정보는 들어왔다. '햐쿠야 교'만을 상대로 한 전쟁이 아니었다. 명백히 '미카도노오니'에 속한 자도 반란을 일으켰다.

적어도 이치노세, 니이, 쿠키는 분명 반란을 일으켰다.

그중 니이 가는 당주가 이 반란에 가담했다. 이 쿠데타의 계기가 된 것은 니이 가의 당주가 이 자리에 있었던 일이었다. 그리고 쿠레토는 그것을 본인의 눈으로 직접 보았는데.

"니이 가의 당주가 있었던 건—"

"그것도 환각이야."

그녀는 태연하게 말했다.

매우 중대한 정보였다. 만약 사실이라면 이 모든 쿠데타를 끝낼 수 있을 정도로, 중대한 정보였다.

하지만 니이, 쿠키가 배신했을 가능성이 있다는 정보는 그밖에도 접수되었다. 그렇기에 니이의 당주가 이곳을 습격했다는 정보에는 신빙성이 있었고, 결정타가 되었다. 그 정보로 인해 전면전쟁에 돌입하고 말았으니.

하지만 그것이 모두 연출된 일이었을 가능성도 있었다. 니이 가 당주의 모습이 환각이었다면 니이는 배신한 것이 아닐 터다.

아니, 실은 아무도 배신하지 않았을 가능성도 있었다.

단지 오니에 씐 여자가 옆에서 공포와 욕망을 부추겼을 뿐일 가능성 말이다.

그리고 그로 인해 모든 것이 와해되고 말았다.

쿠레토는 자신의 여동생을 가만히 바라보았다.

'니이 가의 당주가 이곳에 있었던 건 환각'이라는 말이 사실이라면 니이는 자신들이 결백하다는 것을 증명하기 위해 당주가 직접 반란을 일으켰다는 것은 거짓이라 표명해야 맞았다. 하지만 그러지도 않았다. 그런 탓에 현재 니이에 속한 병사와 '미카도노오니'의 부대가 교전상태에 있을 터였다.

하지만 어째서 그렇게 되었을까.

그는 물었다.

"니이의 당주를 죽인 거냐?"

"응."

그녀는 태연하게 고개를 끄덕였다.

"그리고 그 정보를 이곳에서 밝힐 만한 목적을, 넌 이미 달성한 거냐?"

그렇지 않았다면 그녀는 말하지 않았을 것이다. 굳이 자신의 힘을 내보이고 과시하는 짓을 그녀가 할 리가 없다.

그녀는 필요한 일 만을, 필요한 만큼만 한다.

다시 말해,

"…나를 여기서 죽이지 않는 이유가 있는 거냐?"

마히루는 고개를 갸웃하며,

"소중한 오라버니를 내가 왜?"

죽일 가치도 없다는 뜻이다. 살려 둔들 장해물조차 되지 않는다는 뜻이다.

하지만 아직 이용가치는 있기에 살려 둔 것이다.

쿠레토는 물었다.

"…넌 뭘 위해 시간벌이를 했지? 나를 이용해서, 뭘 하고 싶은 거냐?"

그러자 마히루는 더욱 가까이 다가와서 웅크려 앉았다. 그의 얼굴 옆에. 그러고는 얼굴을 들여다보았다. 그녀의 긴 머리가 코끝에 닿았다.

커다란 눈동자가 이쪽을 내려다보자, 그녀가 얼마나 아름다운지 새삼 실감되었다.

마히루는 말했다.

"아까 한 말, 진짠데."

"아까 한 말?"

어떤 말인지 모르겠다.

그러자 그녀는 또다시 말했다.

"소중한 오라버니라는 부분."

"헛소리."

하지만 그녀는 표정을 바꾸지 않은 채 말을 이었다.

"진짠데에. 오빠 모습은 늘 지켜보고 있었어. 평범한 사람 같았으면 찌부러지고도 남았을 히이라기의 기대를 한 몸에 받아가며 책임을 다하고자 하는 모습을."

"……."

"나보다 전혀 재능이 없는데 비굴해지지 않고, 도망치지 않고, 성실하게 뚜벅뚜벅 앞으로 나아가는 모습을."

"……."

"그래서 나는 오빠를 믿어. 오빠는 결코 도망치지 않으니까. 나랑은 달리, 지름길로 빠지고 싶다는 유혹에도 견딜 수 있으니까."

"대체 넌, 무슨 소리를—"

그녀는 쿠레토의 말을 가로막으며 느닷없이 이런 소리를 했다.

"있지, 오빠. '히이라기'는 어째서 이 정도의 힘을 가지고 있는 걸까?"

그녀의 말은 그로써 끝이었다.

쿠레토는 여동생을 올려다보았다. 하지만 그 이상 하고 싶은 말은 없는 듯했다.

그녀는 한 걸음을 성큼 물러났다.

쿠레토도 슬슬 몸을 움직일 수 있는 상태가 되었다. 저주를 통해 회복한 것이다.

부러졌던 목을.

파괴되었던 뼈를.

팔은 아직, 치유하지 못했다. 현재 지닌 오니의 힘으로도 절단된 팔을 접합하는 데는 그럭저럭 시간이 필요했다.

조금 떨어진 곳.

땅바닥에 떨어진 자신의 팔로 시선을 옮겼다.

얼마간 그것을 쳐다보다가 일어나서 물었다.

"…마히루, 넌 대체 무엇과 싸우고 있지?"

"오빠. 인간의 세계는 끝날 거야. 이건 확정된 운명이야."

"대체 누가 확정한 거지?"

"……."

"누구냐?"

"……."

그녀는 답하지 않았다. 스스로 정답에 도달하라는 뜻인지, 아니면 이미 알아낼 만큼의 정보는 줬다는 뜻인지.

마히루는 어렴풋이 곤란해 하는 듯한, 자신 없는 듯한 표정을 지어 보였다.

그 얼굴을 바라본 채 쿠레토는 말했다.

"설마 '히이라기'냐?"

이번에도 그녀는 답하지 않았다.

이건 정보조작일까. 아니면 진실일까. 고민하면 할수록 늪에 빠져드는 것만 같았다.

어쨌든 상대는 마히루였다. 자신과는 다른, 진짜 천재.

하지만,

''히이라기'는 어째서 이 정도의 힘을 가지고 있는 걸까?'

그 말이 머릿속을 빙빙 맴돌았다. 히이라기의 중심부에 있었을 텐데도. 아니, 중심부에 있었기에 그 의문이 얼마나 중대한 것인지 알 수 있었다.

어째서, 자신들은 이러한 걸까.

어째서, 자신들은 이렇게나, 이러한 걸까.

그녀는 말했다.

"어쨌건 지금의 세계에는 나나 오빠나 믿을 만한 아군이 적어. 그러니—"

그녀는 거기까지 말하고서 잠시 말을 끊더니, 한 박자 쉬었다가 말했다.

"구렌을 소중히 여겨, 오빠."

그 말을 끝으로 그녀는 떠나갔다.

그런 그녀를 쫓자는 생각은 더 이상 들지 않았다. 어차피 따라잡지 못할 테니. 아니, 따라잡을 필요가 있을지 어떨지도 모르겠다.

다만 그녀의 목적은 이제 알겠다.

그것은 그녀가 쿠레토를 지켜본 이유와 같았다.

그도 계속해서 그녀를 지켜보았기에 알 수 있다.

히이라기의 이름을 두고 겨루는 남매로서 그녀의 존재를 의식해 왔다.

그리고 그녀의 목적은 언제나 구렌뿐이다.

구렌을 지키는 일만을 생각하고 있다.

그러기 위해서라면 수단을 가리지 않는다. 그렇다면 구렌을 지키기 위해 세계를 파멸시키려는 걸까?

"…아니지."

쿠레토는 중얼거렸다.

그녀는 세계 같은 것에는 관심이 없다. 모든 것에 관심이 없다. 애초에 오니에 씐 인간은 대개의 일에 관심이 없기 마련이다.

다만, 오로지.

순화된 욕망만을 추구하게 된다.

그녀에게 있어 그것은 구렌이다.

사랑이다.

어릴 적에 싹튼 사랑을 성취하는 것이다.

그렇기에 그녀는 세계를 파괴하고 싶다고는 생각지 않을 것이다. 그녀가 바라는 것은 이 세계에서 구렌과 자유롭게 사는 것일 테니— 그렇게 생각게 하는 것 자체가 여동생의 꿍꿍이속일지도 모르지만.

"……."

하지만 그녀는 세계가 파멸하는 것은 바꿀 방도가 없는, 정해진 선로 위에 놓인 일이라는 투로 말했다.

누군가가 정한 파멸.

그리고 그 파멸의 날은, 내일이다.

하지만 그것은 누가 정한 것일까.

대체 누가?

"……."

쿠레토는 오른손에 든 '라이메이키'를 내려다보다 허리에 찬 칼집에 넣었다. 빈 오른손으로 절단된 왼팔을 붙잡아 지혈했다.

그리고 그제야,

"쿠레토 님!"

환술에서 풀려난 아오이가 달려왔다. 땅바닥에 떨어진 팔을 주워, 허둥지둥 그것을 그의 팔에 접합시키고자 들이댔다.

아오이는 매우 분한 듯한 표정을 지은 채 허둥댔다.

"이런, 이런 일이 벌어지다니…. 제가, 무능한 탓에."

쿠레토는 그 얼굴을 쳐다보았다. 금발 머리. 산구 가의 인간은 모두 그렇다. 색소가 옅은 것인지, 고운 금발 머리를 타고 난다. 분명 그녀와 나이차가 나는 여동생도 금발이었다.

그 금발이 쿠레토의 팔에서 흘러나온 피로 새빨갛게 물들었다.

"……."

그녀는 예전부터 쿠레토를 섬겼다. 처음 만난 것은 그가 아홉 살이었을 때였다. 그녀는 두 살 아래라 아직 일곱 살이었다.

산구 가에서도 그녀는 특출하게 우수했고, 처음 만난 날에 인사를 하며 목숨을 걸고 쿠레토를 지키라는 분부를 받았노라고 말했다.

그리고 그것은, 이곳에서는 평범한 일이었다. 히이라기 가와 산구 가 사이에서는 지극히 당연한 일이었다.

'히이라기'는 특별하기에.

쿠레토는 팔을 필사적으로 이어붙이고자 콱 붙들고 있는 아오이에게 물었다.

"…어째서 너는, 나를 그렇게까지 섬기는 거냐?"

아오이가 이쪽을 올려다보며 말했다.

"네?"

질문의 의미를 모르겠다는 표정이었다. 그녀에게 있어 히이라기를 섬기는 일은 당연한 일이기에.

"히이라기를 잘 섬기지 않으면 산구의 지위가 위태롭다는 건 알겠다만."

"…아니, 저기, 저는…."

그녀의 하얀 뺨이 살며시 붉게 물들었다.

그것을 본 쿠레토는 물었다.

"뭐냐."

그러자,

"…………아닙니다."

아오이는 그렇게만 말하고 입을 다물고 말았다. 무슨 말을 하고 싶은 눈치였지만, 이내 단념하고 생각을 하기 시작했다. 그녀는 마음을 잘 다스릴 줄 알며 머리도 좋았다.

그래서 종자로서 계속 곁에 두고 있었다.

몇 초 동안 침묵한 끝에 그녀가 말했다. 그때는 이미 냉정함을 되찾은 상태였다.

"…어떤 시점에서 하시는 질문입니까?"

"어째서 너는 나를 섬기는 것이냐고 물었다."

"그것이 저의 책무이기 때문입니다. 히이라기를 섬기기 위해 살고, 죽는 것이 저의 숙명입니다."

"하지만 그건 누가 정했지?"

"……."

그녀는 대답하지 않았다. 주인의 생각을 짐작해 보려는 듯한 표정이었다.

하지만 쿠레토는 개의치 않고 계속 생각했다.

어떻게 해서 히이라기는 산구가 그렇게까지 생각하게 할 정도의 힘을 얻었지?

어떤 타이밍에 세계 최대라 해도 좋을 주술 조직에 도달했지?

"……."

히이라기의 역사가 어떻게 시작되었는지는 알려지지 않았다.

창시자가 누구인지, 쿠레토는 모른다.

하지만 처음부터 강대한 힘을 휘둘렀다는 것은 알았다. 그러한 정보는 남아 있었다. 더불어 그것을 곧이곧대로 믿자면 처음 200년 정도는 같은 인물이 이끌고 있었던 것처럼 보였다.

200년 동안— 동일한 인물이 히이라기를 이끌었다.

"……."

그런 이야기를 이상하게 여긴 적은 지금껏 단 한 번도 없었다. 오래된 정보다. 결손된 부분도 많다. 무엇보다도 그것은 종교며 주술이 얽힌 조직의 이야기였다.

신화며 우화, 동화 같은 요소도 섞였다.

그렇다면 '미카도노오니'의 창시자가 200년이라는 시간을 사는 신 같은 존재로 그려졌다 한들, 과장이 절반이라 생각할 필요가 있다. 그렇게 생각했건만.

"……."

또다시 좀 전에 마히루가 했던 말이 떠올랐다.

''히이라기'는 어째서 이 정도의 힘을 가지고 있는 걸까?'

그리고.

'오빠. 인간의 세계는 끝날 거야. 이건 확정된 운명이야.'

그건 누가 확정한 거지?

대체 누가 확정했지?

만약 그것이 쿠레토가 알지 못하는, 훨씬 높은 상층부에 자리한 '히이라기'의 의지라 해도 그것을 히이라기에게 실행케 하고 있는 것은 과연,

"…인간일까?"

그는 작은 소리로 중얼거렸다.

200년.

200년 동안, 같은 인물이 이끌었다….

"……."

주머니에서 휴대전화를 꺼냈다. 그것을 바라보다가, 다시 집어넣었다.

세계는 내일이면 파멸을 맞는다.

마히루의 말이 사실이라면 인간의 세계는 내일, 파멸을 맞는

다. 그에 저항해야 할까, 아니면 말아야 할까.
"아오이."
"네."
"나는 인간으로 보이나?"
"…네, 그렇게 보입니다."
"하지만 인간의 세계는 내일 끝난다는 모양이다. 그때, 나는 어떻게 책임을 져야 할까?"
"……?"
"아오이."
"네."
"아까 한 질문을 이어서 하겠다. 한마디로 답해라."
"네."
쿠레토는 아오이를 보며 말했다.
"너는 내가, '히이라기'라서 섬기는 거냐?"
그 물음에는 그녀에게도, 그에게도 치명적인 위험요소가 내포되어 있었다.
답변에 따라서는 '히이라기'에 대한 반역으로 간주될 가능성이 있었다.
상대는 산구의 여자다. '미카도노오니'를 위해 목숨을 걸어야만 한다.
그때, 아오이는 말했다.

결의에 찬 표정으로 쿠레토를 똑바로 올려다보며.

"…아뇨. 제 마음은 쿠레토 님을 섬기고 있습니다."

반역죄를 뒤집어쓸 것을 각오한 답이었다.

이로써 동료가 한 사람 늘어난 셈이다. 하지만 마히루의 말대로 아군은 적다. 이런 상황에서 진심으로 믿을 수 있는 자는 거의 없었다.

"어리석군. 너는 잘못된 선택지를 골랐다. 처형당할 거다."

그러자 아오이는 희미하게 미소를 지으며 말했다.

"쿠레토 님의 뜻이 그러시다면 결정에 따르겠습니다. 목을 쳐주십시오."

그녀는 하얀 목을 드러냈다.

쿠레토는 그것을 바라보았다. 마음속 오니가 나직한 목소리로 말했다. 목을 치라고. 오니는 자신에게 순종적인 여자를 죽이고 싶다는 욕망을 크게 부풀리려 했다.

하지만 물론 그것은 제어할 수 있었다. 제어할 수 있을 정도로만 오니를 폭주시키기로 정해 두었기 때문이다. 그 이상의 힘을 바라는 것은 지름길만 택하는 천재나 게으름뱅이나 고를 선택지다.

아오이가 붙들고 있는 왼팔에 감각이 돌아왔다. 접합된 것이다. 손가락이 움찔 움직였다.

아오이가 기쁜 듯 웃었다.

"아아, 다행입니다."

쿠레토는 말없이 그 손을 들었다.

자신의 손바닥.

이건 대체 무엇을 붙잡기 위한 것일까.

처음에는 히이라기의 당주에 걸맞은 인간을 목표로 했다.

머지않아 우수한 여동생에게 지지 않는 것을 목표로 삼게 되었다.

어느샌가 까마득히 높은 경지까지 날아가고 만 여동생을 올려다보며 뒤쫓게 되었다.

하지만 이제는 그 여동생도 히이라기를 떠났다.

더불어 목표로 했던 '히이라기' 가 당주의 자리조차 인간이 아닌 무언가의 허수아비일 가능성이 엿보이기 시작했다.

"……."

쿠레토는 오니의 힘으로 접합한 자신의 손을 바라보았다.

이 손은 대체 무엇을 위해 있는 것일까?

자신은 무슨 책임을 지기 위해 존재하는 것일까?

그는 생각했다.

가령 아버지가 이미 인간이 아닌 존재의 꼭두각시 인형이고, 아버지를 죽여야만— 아니, 그보다 높은 위치에 있는 존재를 오늘 죽여야만 현재의 인간 세계를 존속시킬 수 있다면.

그건 무리였다. 적어도 자신에게는 무리다. 아버지를 죽일 만큼의 병력이 자신에게는 없었다.

현재의 상황에서 세계를 구하겠다고 외쳐대는 녀석이 있다면, 그건 무책임하고 게으른 녀석일 것이다. 지금껏 아무것도 안 하고 있다가 갑자기 큰소리를 치는 녀석은 아무것도 하지 못 한다.

그리고 지금의 자신에게는 명확하게 힘이 부족했다.

만약 히이라기의 이름을 떼어 버리기로 했을 때, 자신이 믿을 수 있는 것은—

아오이. 마히루. 구렌. 신야.

아마 그뿐일 것이다.

여동생이 말했던 대로.

지금의 세계에는,

"믿을 만한 아군이 적군."

게다가 그 아군도 지금은 질 것이 뻔한 약자 집단이다.

이렇게 되리라고는 전혀 생각해 본 적이 없었다.

이런 방면의 위험한 가능성에 관해 생각하는 일을 게을리 했기 때문이다.

자신은 '히이라기'의 당주가 되는 일에 아무런 의문도 품지 않고 앞으로 나아가기만 했다.

그래서 지금은 힘이 부족하다.

이미 힘이 부족한 상태다.

오늘은 24일.

그리고 내일, 25일에는 세계가 끝장난다.

이유는 알 수 없다.

무슨 일이 일어나는지조차.

하지만 그럼에도 지금 자신이 할 수 있는 일은 무엇일까.

"……."

할 수 있는 일은, 적었다. 할 수 있는 일이 있다면 어떻게든 자신이 그 파멸을 극복하고 살아남을 수 있게끔 움직이는 것이리라.

그리고 방법이 있다면 자신의 부하를 조금이라도 많이 살아남게 하는 것이리라.

그런 다음, 두 번 다시 이런 일이 일어나지 않도록 준비해야만 한다.

그 방법이란 무엇일까.

자신이 취할 수 있는 그 방법이란.

그는 부하에게 명령했다.

"아오이."

"네."

"아버지와 이야기하겠다. 직통 회선을 준비해라."

"알겠습니다."

그것은 금세 준비되었다. 그 수화기를 건네받았다. 아버지에게만 연결되는, 결코 도청당할 일이 없는 회선이다.

통화 연결음이 울렸다. 두 번. 세 번. 아버지는 받지 않았다.

다섯 번. 여섯 번.
아버지는 받지 않았다.
"……."
그렇게 15분을 기다렸다.
통화가 연결되는 데만 그만한 시간이 걸렸다.
[쿠레토냐.]
아버지의 목소리다.
'히이라기' 가의 당주, 히이라기 텐리의 목소리.
[영상은 봤다. 여전히 너는 마히루를 이기지 못하는구나.]
전부 보고 있었다고 한다.
전투도, 대화도.
그렇다면,
"내일 세계가 멸망한다고 들었습니다만."
하지만 그 물음에 대한 답변은,
[그게 뭐 어쨌다는 거냐?]
였다.
다시 말해, 아버지는 알고 있었다.
이것은 역시 '히이라기' 가가 세운 계획이었다.
"저는 몰랐습니다."
[건방떨지 마라. 네가 알 필요가 있는 일이더냐?]
"……아니요."

[그래서, 용건이 뭐냐?]

"제가 할 수 있는 일은, 없습니까? 역시 히이라기 마히루를 쫓는 것이 제 임무입니까?"

그 말을 들은 텐리가 말했다.

[아니, 그건 이제 됐다. 연출은 충분했다.]

"…연출?"

[마히루는 너와 달리 모든 임무를 완벽하게 연출하고, 실수 없이 달성했다. 그리고 '햐쿠야 교'는 그 녀석을 믿었다. 녀석들은 이제 우리의 계획을 막지 못한다.]

'햐쿠야 교'에 심은, 이중 스파이.

하지만 결국 마히루는 히이라기 측 인물이었다.

그러기 위해 태어나, 그러기 위해 살아 있을 뿐이었다.

그녀는.

"……."

그만한 능력을 지닌 그녀조차 히이라기에서 벗어나지 못했다.

계속 히이라기의 임무 안에—옴짝달싹도 못할 우리 속에 있었다.

그렇다면 구렌을 향한 그녀의 마음도 가짜일까? 그것도 '햐쿠야 교'에 보이기 위한 거짓된 감정이었을까. '미카도노오니'를 배신할 이유를 만들기 위한 거짓이었을까?

도무지 그렇게는 보이지 않았다.

만약 그렇다면 그녀는 정말로 완벽하다 할 수 있으리라.

어릴 적부터 작은 연심을 다스려가며 하나부터 열까지 연기한 것이라면, 자신이 그런 괴물을 당해낼 수 있을 리가 없다는 생각이 들었다.

하지만 그는, 그렇지 않다고 느꼈다. 계속 그녀의 뒷모습을 쫓았기에 알 수 있었다.

그녀는 슬픈 표정을 짓는다. 괴로운 표정을 짓는다. 자신이 느끼는 것과 마찬가지로.

압박감과 폐쇄감.

자신이 태어난 이 세계에는 '히이라기' 밖에 없다는, 체념과 절망.

그녀는 같은 표정을 짓고 있었다.

그녀는 자신과 같은 표정을 짓고 있었다.

우수했기에 자신과 같은 감정을 가진 것이라고 그는 생각했다.

쿠레토는 물었다.

"마히루를 그렇게까지 궁지에 몬 교환조건은 뭐였습니까?"

답은 너무도 간단했다.

천재가 새장에서 떠나지 못하도록 날개를 꺾는 데는 대체 무엇이 필요했을까.

[여동생이다.]

텐리는 그렇게 말했다.

시노아를 죽이지 않겠다.

실험동물로 쓰지 않겠다.

그 약속을 대가로 천재는 날개가 꺾인 채 지냈다.

결국 진실은 그렇기 마련이다.

누구든 그렇기 마련이다.

목숨과 감정이 있는 한, 약점이 없는 압도적인 존재란 있을 수 없다.

텐리가 말했다.

[쿠레토.]

"네."

[네게도 인질이 필요하냐?]

그런 이야기가 나오는 것이 당연했다. 아버지는 모든 것을 파악하고 있으니.

마히루의 감정.

쿠레토의 감정.

아니, 아버지도 과거에는 같은 입장이었을 것이다. 그렇다면 아버지 위에는 누가 있을까. 대체 누가?

쿠레토는 대답했다.

"저는 약점을 지니지 않도록 아버지께 교육—"

그렇게 말하던 도중, 탕 하는 총성 같은 소리가 났다.

이어서 눈앞에서 피가 흩날렸다. 여자의 다리가 찢어져 공중을 날았다. 옆에서 털푸덕, 하고 사람이 쓰러지는 소리가 들렸다.

아오이다.

아오이가 저격당해 다리를 잃었다.

조금 전 아오이와 나눴던 대화도 모두 다 들은 것이다.

반역죄.

그 때문에 아오이는 저격을 당했다.

하지만 아오이는 비명을 지르지 않았다.

그저 하염없이 고통을 참는, 울음을 터뜨릴 것 같은 얼굴로 이쪽을 올려다보고 있다. 자신의 비명이 주인의 약점이 되리라는 것을 알기에.

쿠레토는 그것을 물끄러미 쳐다보았다. 종자가 고통을 참는 얼굴을.

수화기 너머에서 아버지의 목소리가 다시 한번 물었다.

[네게도, 인질이 필요하냐? 쿠레토.]

쿠레토는 답했다.

"아버지. 저는 운명을 받아들였습니다."

[내가 원한 답이 아니구나.]

"아버지처럼 운명을 받아들였습니다."

[내가 원한 답이 아니다.]

"…그렇습니까. 그럼 아오이를 죽이십시오."

[…….]

아오이가 아직도 이쪽을 올려다보고 있었다. 그것을 바라본 채, 그는 말했다.

"하시죠."

[…………그러냐. 좋다. 너는 내일 살아남아, 언젠가 히이라기의 이름을 이어라. 지금까지 했던 것처럼, 그러기 위한 준비를 계속해라.]

"그럼 마히루는 어떻게 됩니까? 마히루가 히이라기 측이라면, 히이라기를 잇는 것은—"

하지만 텐리는 그 말을 듣다가 말했다.

[그 녀석은 살아남지 못한다.]

"……."

쿠레토는 눈을 가늘게 뜬 채 물었다.

"그렇습니까. 그 사실을 마히루는…."

[물론 안다. 애초부터 계획이 그랬으니. 그 녀석은 너와 달리, 운명을 받아들였다.]

다시 말해 그녀는 오늘이나 내일 죽는다.

열여섯 살 크리스마스에 죽는다.

그것을 어릴 적부터 알고 살다가, 사랑에 빠졌다.

그 사랑은 성취되지 못하리라는 것을 알면서.

시답잖고 작은 사랑은 성취되지 못하리라는 것을 알면서, 전 세계 모든 인간들을 속이고 혼자서 살아왔다.

구렌에게 그토록 집착하는 이유를 알 것 같았다.

이루어지지 않는 사랑.

결실을 맺지 못하는 사랑.

그럼에도 자유로운 기분을 맛보고 싶었던 것이다.

"……."

마히루는 강하다. 이상하리만치 강하다. 이해가 되지 않을 정도로. 무엇을 어떻게 하면 그렇게 될 수 있을지 짐작도 되지 않았다. 아마도 아버지를 죽이는 것뿐이라면, 그녀는 이미 해내고도 남았을 것이다.

하지만 하지 못했다. 해 봐야 의미가 없다는 것을 알기에. 히이라기의 뒤에는 아직 정체 모를 커다란 존재가 있어서, 그 마히루조차 어찌 하지 못한다. '햐쿠야 교'와 손을 잡고도 어찌 할 수가 없을 정도다.

그래서 그녀는 따른 것이다.

히이라기가 정한 운명에 따르기로 한 것이다.

그것은 절망이다.

압도적인 절망.

하지만 히이라기 가에 태어난 자에게는 늘 따르기 마련인 절망이다.

텐리가 말했다.

[할 말은 그뿐이냐?]

쿠레토는 답했다.

"네."

통화가 끊겼다. 그 수화기를 얼마간 쳐다보다, 버렸다. 그러고서 땅바닥에 떨어진 종자의 다리를 주웠다.

다리를 손에 든 채 아오이를 내려다보았다. 그녀는 출혈로 얼굴이 창백해져 있었다. 하지만 아직 접합할 수 있을 것이다.

쿠레토는 손에 든 아오이의 다리를 보았다. 가녀리고 곧은, 예쁜 다리였다. 찢어진 다리는 보통 도로 붙지 않는다.

다시 말해 그녀도 이미 인간이 아니었다.

오니를 키우고 있다.

그리고 그것이,

"…크리스마스를 살아남기 위한 조건인가?"

그는 그렇게 중얼거렸다.

오니는 살아남는다.

인간은 살아남지 못한다.

요컨대 그런 뜻일까?

아버지는 그 사실에 관해서도 설명해 주지 않았다.

그는 아오이의 다리를 허벅지에 가져다 대주었다.

"제가…."

그녀가 그렇게 입을 뗐지만 그것을 제지했다.

"내가 하지."

역시 금방은 붙지 않았다. 그녀가 키우고 있는 오니는 '흑귀'가 아니다. 쿠레토가 가진 것만큼 힘이 크지 않다. 그래서 접합될 때까지 조금 더 지탱해 줄 필요가 있었다.

아오이의 안색이 조금 돌아왔다. 아니, 오히려 조금 불그스름해졌다.

"…저기, 쿠레토 님."

"응?"

"부끄럽습니다."

"뭐가?"

"…그게, 만지고 계신 게… 저기, 좀 더, 말끔한 상태일 때… 아아, 아니, 제가 무슨 소릴. 오니가 제 욕망을—"

"……."

"죄송합니다. 아무것도 아닙니다."

근육과 신경이 이어져 지탱이 필요 없어졌다. 쿠레토는 아오이의 허벅지에서 손을 떼고서 일어났다.

두 손이 피투성이였다.

아오이의 피다.

그 안에는 오니의 저주도 섞여있을 터였다. 오니의 저주는 혈관을 타고 퍼져, 비상식적인 재생능력을 발휘한다.

그는 다시 한번 그 새빨간 손을 바라보았다. 종자의 피로 젖은 손을.

이 손은, 가까운 시일 내에는 아무것도 붙잡지 못할 것이다. 실제로 지금 무슨 일이 일어나려 하는지조차 모르지 않은가.

하지만 그럼에도, 이 상황에서 자신이 책임질 수 있는 일에는 무엇이 있을까?

"……."

포기하지 않고, 차근차근 할 수 있는 일에는 무엇이 있을까.

쿠레토는 가만히 그것을 생각하다가 입을 열었다.

"아오이."

"네."

"내 부하들에게—아니, 한 사람이라도 많은 인간들에게 '귀주'를 감염시킨다. 타임 리미트는 내일이다. 멸망할 이 세계에서 인간이 살아남을 수 있는 길이 있다면, 우리는 그를 위한 준비를 해야 한다."

그는 파멸을 받아들이고 계속 살아남는 선택지를 택했다.

그리고,

"그리고 또."

"말씀하십시오."

"오늘, 이 소란을 틈타 반란을 일으킨 녀석은 몰살시킨다. 새로운 세계가 되기 전에, 고름을 짜내야지. 누가 반란을 일으켰지?"

아오이는 곧장 답했다.

"제게 취합된 정보에 따르면 '니이'는 배신했습니다. '쿠키'는 항복했습니다. 히이라기 마히루는 '시진'이 배신했다고 했습니다만, '시진'에게는 그런 낌새가 없습니다. 하지만 이름이 거론되지 않은 '시치카이'에서는 불온한 움직임이—"

"시간이 없다. 의심되는 녀석은 전부 쓸어버려라."

"…네. 저기, 쿠레토 님."

"뭐냐."

"이치노세는 어떻게 할까요? 이치노세 구렌은."

"반역은 마히루를 쫓기 위한 연기라는 거냐?"

"그렇게 보입니다. 제 의견을 말해도 되겠습니까?"

"말해 봐라."

"이치노세 구렌은 강하고 우직하며 믿을 수 있을 것 같습니다. 만약 내일, 처참한 세계가 펼쳐질 것이라면 곁에 두시는 것도 괜찮을 듯합니다."

그렇게 말했다.

그녀에게는 그렇게 보이는 모양이다.

마히루의 말이 맞다. 아군은 적다. 구렌은 그중에서도 가장 믿어도 되는 위치에 있는 남자였다.

하지만 쿠레토는 말했다.

"그러나 배신은 배신이다. 배신을 선언한 녀석들을 내버려두면 통치하기가 더욱 어려워진다."

"그럼 그를 따르는 고시, 주조도…."
"아니, 우선은 본보기 삼아 이치노세 구렌을 죽인다."
"…알겠습니다."
"위치는 알아냈나?"
"그게, 중간에 놓쳐서—"
쿠레토는 그 말을 가로막고,
"찾아라. 어차피 근처에 있을 거다. 그 녀석은 도망치고 있는 것이 아니니까."
그렇게 말했다.

제 5 장 16세의 파멸—카타스트로피

Seraph of the end

기다리고 있다.
계속 기다리고 있다.
마히루에게서 연락이 오기를.
"……."
아니, 돌이켜 보면 계속 기다렸던 것 같다.
어릴 적, 그녀와 그런 식으로 헤어지고 나서부터 계속.
"……."
물론 그녀가 접촉해 오기를 기다렸던 것은 아니다.
부조리한 세계를 목격하고 나서부터, 언젠가 자신이 모종의 행동에 나설 날을 기다려 왔다.
행동에 나설 날을.
"……."
아니, 모든 이가 그럴지도 모른다.
언젠가.
언젠가. 언젠가! 언젠가는! 자신도, 무언가를 하고 말 것이라고!
"……."
그리고 구렌에게 그 언젠가는, 오늘인 듯했다.
오늘, 해야만 한다.
"……."
시작하고 나서 보니 행동에 나서는 것이 꽤나 늦었던 것 같다.
부하 앞에서 무시당하고, 매도당하고, 콜라를 뒤집어쓰고도 아무것도 하지 않았다.

종자가 반죽음 상태가 되고 비웃음을 산 것도 모자라 의자에 동여매인 채 고문을 당하고도, 아무것도 하지 않았다.

예전에 좋아했던 여자가 망가지고 오니가 되었는데도 아무것도 하지 않았다.

아버지가 눈앞에서 죽고 웃음거리가 되었음에도 아무것도 하지 않았다.

그런 녀석을 보통 뭐라고 부를까.

쓰레기다. 머저리다. 하지만 오늘까지, 아무것도 하지 못했다.

최후의 날을 맞기 직전까지.

세계가 멸망한다는 최후의 날의 전날까지, 그는 행동에 나설 수가 없었다.

하지만 오늘, 자신은 앞으로 나아가기로 했다. 아무리 희생자가 나와도 앞으로 나아가기로.

휴대전화를 쳐다보았다. 마히루에게서 연락이 오기를 기다리며.

휴대전화에 표시된 현재 날짜와 시각은—

[12월 24일 22시 20분]

마히루는 23일 중에 연락을 하겠다고 했다. 약속한 시각으로부터 하루가 통째로 경과했다.

그리고 그동안, 자신들은 대체 몇 명의 동포를 베어 죽였을까?

장소는 도쿄 도.

시부야 구.

도겐자카.

핫켄다나 상점가.

이곳은 유흥업소며 러브호텔이 즐비한 지역이다. 구렌 일행은 그 러브호텔의 한 방에 있었다.

또 러브호텔이다.

오늘은 크리스마스이브인 탓인지 평일임에도 호텔은 성황이었다.

성스러운 밤에— 러브호텔에 행렬이 생겨 있었다.

그 모습이 매우 평화로워 보였다. 오늘, 즐거운 얼굴로 호텔 행렬에 늘어선 남녀는 인생의 승자라 할 수 있을 것이다.

내일이면 세계가 파멸을 맞건만 그들은 오늘도 즐거워 보이기만 했다.

반면, 자신들은 완전히 패배자들이다.

이렇듯 모든 이들이 들떠 있는 행복한 밤에 일본도를 휘두르고 온몸을 적신 피를 바들바들 떨며 겨울비로 씻어내고, 환술과

거금을 써서 행렬을 비집고 간신히 호텔에 들어갔다.

물론 호텔에 들어섰다고 해서 야한 분위기에 젖어들지는 않았다. 만약 그럴 마음이 있었다 한들 이제 와서 홀랑 벗고 사랑을 나눌 체력은 남아 있지 않았다.

다들 몸도 마음도 녹초가 되어 있었다.

"……."

구렌은 방을 둘러보았다.

가장 넓은 방을 빌렸기에 신야, 미토, 고시, 사유리, 시구레, 그리고 구렌까지 여섯 명이 있어도 전혀 좁게 느껴지지 않았다.

커다란 침대 하나.

40인치 정도 되는 크기의 TV가 한 대.

침대 옆에도 넓은 소파와 테이블이 놓여 있었다. 목욕 설비도 충실해서 마음만 먹으면 네 명 정도는 동시에 들어가서 목욕할 수 있을 듯했다.

하지만 아무도 목욕을 하지는 않았다. 23일 낮부터 쉼 없이 싸운 끝에 간신히 달아나 러브호텔에 숨어들어 침대와 소파에 쓰러진 순간, 불침번을 제외한 일동이 곧장 잠들어 버렸다.

아무리 '귀주'의 힘이 강대해도 인간은 잠을 자지 않으면 움직일 수 없다. 아니, 오니의 힘을 쓰면 쓸수록 욕망이며 욕구는 커지기 마련이다.

성욕.

식욕.

수면욕.

잠을 자지 않으면 오니의 힘은 쓸 수가 없다.

"……."

침대에 미토, 사유리, 시구레까지 세 사람이 피가 밴 옷을 입은 채 쓰러져 잠들어 있었다.

남자는 3인용 소파에 좁게 앉아 잠들었다.

가운데에 구렌.

왼쪽에 신야. 오른쪽에 고시.

두 사람을 불침번으로 두고 15분 단위로 교대하며 선잠을 자기로 했고, 지금은 구렌과 고시가 불침번을 설 시간이었지만—

"……우으."

고시는 잠들어 있었다. 많은 적들을 상대로 동료를 지키기 위해 그는 쉴 새 없이 환술을 썼고, 그 탓에 가장 지친 듯 보였다.

구렌은 그런 고시를 쳐다보았다. 칠칠치 못하게 입을 벌린 채 드릉드릉 코를 골고 있었다.

그 모습이 너무도 기분 좋아 보여서,

"…나 원, 턱 떨어지겠네."

구렌은 그렇게 말하며 옅은 미소를 지었다. 그러고서 손에 든 휴대전화를 보았다. 역시나 마히루는 연락이 없었다.

휴대전화를 엎어놓고서 살짝 기지개를 켜고는 한숨을 내쉬었다. 그러고서 눈앞을 보았다.
침대에는 세 명의 소녀가 있었다.
"으음."
작은 목소리로 신음하며 시구레가 몸을 뒤척였다. 그 바람에 스커트가 살짝 들춰져, 가녀린 허벅지가 드러났다.
그녀에게는 드문 일이었다. 그녀는 이렇게 무방비한 모습을 보이지 않기 위한 교육을 받아왔기 때문이다.
실제로 지금까지 이런 모습을 본 적이 없었다. 하지만 그만큼 그녀도 피곤한 것이리라.
"……."
구렌은 그것을 쳐다보았다.
스커트를 바로잡아주는 편이 좋을지 어떨지를 생각했다. 하지만 건드리면 시구레는 눈을 뜰 것이다. 그렇다면 괜히 건드리지 말고 자게 두는 편이 좋을까.
그가 시구레의 허벅지를 멍하니 쳐다보며 생각에 잠겨 있던 참에—
"…이 변태."
옆에서 그런 목소리가 들렸다.
신야다.
구렌은 대답했다.
"뭐가?"

"봤잖아?"

"뭐를?"

"저거 말야."

"저게 뭔데?"

"그거 있잖아."

"글쎄 그게 뭔데?"

"시구레의…."

그렇게 말한 순간, 구렌이 말을 받았다.

"응? 아아, 몰랐네. 변태는 너겠지."

"에~"

말장난에서 이긴 구렌은 다소 만족한 채 눈만 신야에게로 돌렸다.

신야는 나른한 얼굴로 슬쩍 눈을 뜬 채 히죽히죽 웃고 있었다.

그 역시 무척 피곤한 얼굴이었다. 당연하다. 신야는 혼자서 30시간도 더 동료들을 모두 엄호했다.

벌써 몇 번이나 죽을 뻔한 구렌을, 그는 포기하지 않고 필사적으로 구해냈다.

그가 없었다면 첫 공격 때 구렌은 죽었을 것이다.

구렌은 말했다.

"신야."

"응?"

"더 자라."

"너는?"

"나는 허벅지 보느라 바빠."

"뭐야. 대놓고 보겠다고? 그러면 뭐, 나도 사이좋게 같이 볼까나."

그렇게 말한 참에 시구레가 또 한 번 몸을 뒤척였다. 이불이 절묘하게 허벅지를 가린 대신, 시구레의 팔이 사유리의 가슴에 얹어져서 사유리의 커다란 가슴이 야릇하게 변형되었다.

"…이야~ 이거 깨길 잘했네~"

신야는 뚱한 눈을 한 채 경박한 목소리로 말했다.

그 말을 들은 구렌은 웃었다.

"그럴 기력이 있냐?"

"으음, 없지."

신야도 웃었다.

"입 다물고 자기나 해. 아직 좀 더 전투를 해야 할 테니."

그렇다.

아직 좀 더 전투를 해야 할 것이다.

12월 25일 몇 시에 세계가 멸망할지는 모를 일이지만, 지금은 24일 22시 반. 적어도 앞으로 한 시간 반에서 최대 25시간 정도는 계속 싸울 필요가 있다.

아니, 이 세계에는 타임 리미트까지 25시간밖에 남지 않았다고 바꾸어 말할 수도 있었다.

"……."

하지만 신야는 세계가 이러쿵저러쿵 하는 이야기에는 관심이 없는 녀석으로 보였다.

마히루와의 일도 그렇고, 이치노세 가와 히이라기 가에 관한 일도 그렇고, 자진해서 함께 해결해 보자고 나설 정도로 관심이 있어 보이지는 않았다.

그럼에도 그는 계속 목숨을 걸고 구렌과 고시, 미토, 시구레, 사유리의 목숨을 지켰다.

그것이 어떠한 책임감에서 비롯된 것인지는 전혀 알 수가 없었다.

어째서 그런 짓을 하는 것인지.

이브날 밤에 바보처럼 너덜너덜해져 있는 것인지.

구렌은 그것이 궁금했다.

물을 필요가 없는 일이기는 했지만 세계는 어차피 내일이면 멸망한다. 그렇다면 딱히 물어도 상관없지 않을까 싶었다.

그래서 물었다.

"야, 신야."

"응~?"

"넌 왜 나랑 같이 있는 거냐?"

그러자 신야가 이쪽을 보며 웃었다.

"왜 러브호텔에 왔느냐는 뜻이야?"

구렌도 신야를 보고 웃었다.

"그런 셈 치자고."

"하하하."

"그래서, 이유가 뭐냐?"

그러자 신야는 고민스러운 표정을 지었다. 질문의 의도는 알 것이다.

딱히 행동을 함께할 필요는 없었다.

이런 짓에 어울릴 필요도 없었다. 그는 고아고 지킬 것도 없으며 딱히 히이라기에 충성심을 품고 있는 것도 아닌 데다, 그렇다고 복수심이 있느냐 하면 아마 그것도 그다지 없을 것이다.

애초에 이것은 '복수 이야기'가 아니다.

내일 세계가 멸망한다면 복수를 하기에는 이미 늦었기 때문이다.

그렇다면 복수를 할 시간조차 없건만 자신들은 세계를 구할 수 있을까?

그에 대한 답도 No다.

아무리 봐도 세계를 구할 힘 같은 것은 없다. 그러기 위한 정보도 없다. 단지 자신이 마히루 측의 인간이라는 것을 표명하고, 한참 앞서 가고 있는 그녀가 접촉해 오기를 기다리고 있을 뿐이다.

하지만 거기에 무슨 의미가 있느냐고 누가 묻는다면, 역시 의미는 없다고 할 수밖에 없었다.

제정신이라면 이런 생각 없는 남자의 결단에 따라 히이라기에 대한 배신을 표명하기란 불가능 할 텐데—

"왜 나를 따라오는 거냐?"

그러자 신야가 답했다.

"따라가고 있다고 생각한 적 없어. 내 옆에 우연히 네가 있는 것뿐이지."

"마히루를 쫓는 거냐?"

"…아아, 으~음."

신야는 그렇게 잠시 생각을 하듯 끙끙대더니 대꾸했다.

"마히루는, 이제 안 쫓고 있는 것 같은데에."

"약혼자잖아."

"아니, 내 말 좀 들어봐, 구렌. 그 녀석, 다른 남자랑 잤다더라고."

"그 정도로 포기하지 말라고."

"이보셔~ 네가 할 말이야?"

"……."

"……."

두 사람 사이에 묘한 침묵이 흐르더니,

""…하아.""

동시에 한숨을 내쉬고는 웃었다. 크리스마스이브에. 러브호텔에서. 남자 둘이 자신을 휘둘러댄 여자에 관해 이야기하며 한숨이나 내쉬고 있다니.

"…피곤하구만."

구렌이 그렇게 말하자 신야도 웃으며 말을 받았다.

"그러게. 하지만 뭐, 이제 25시간만 참으면 되잖아."

"세계의 파멸을 막고 말이지?"

"막는 데 성공하면 우린 영웅 대접 받겠지?"

"그럴 수 있을 것 같아?"

"어떻게 파멸할지조차 모르는걸."

"퍼엉~ 하겠지."

"뭐야, 그게. 쿠웅~ 일지도 모르잖아?"

"하하하."

구렌은 메마른 웃음소리를 흘리고서 말을 이었다.

"뭐, 만약 그러면, 그 쿠웅~ 에서 살아남는다 치고."

"우리가 세계를 구하고 말이지?"

"그래. 그러고 살아남는다 치고."

"응."

"편하게 살 수 있을까?"

그러자 신야가 피곤한 얼굴을 한 채 뚱한 눈으로 이쪽을 쳐다보았다.

"글쎄. 인생은 결국 험난하기 마련이잖아. 나는 편히 살았던 적이 없어서 모르겠지만 말이야."

"모르겠지만?"

"하지만 뭐, 그거 아닐까?"

"그거라니?"

"지금 우리가 열심히 노력하면."

"응."

"잘은 모르겠지만 퍼엉~ 하고 파멸하는 세계를 두웅~ 하고 구해내면."

"뭔가 그렇게 말하니까 간단하게 구해낼 수 있을 것 같네."

"하하하. 그치? 암튼 엄청 열심히 노력해서 성공하면."

"응."

"그때 우리 진짜 열심히 했지, 하고 같이 생각할 동료는 적어도 그 다음에 올 세계에도 있지 않을까?"

신야는 손을 앞으로 내밀며 말했다.

러브호텔 안.

침대 쪽에서.

눈을 뜬 미토가 이쪽을 쳐다보고 있었다.

시구레도, 사유리도, 옆에 있는 고시도.

어느샌가 눈을 뜬 상태였다.

뭐, 이만큼 시끄럽게 퍼엉~이니 쿠웅~ 이니 하는 바보 같은 소리를 해댔으니 그럴 만도 했다.

그리고 그들 모두가 이쪽을 보고 있었다.

신야가 '동료'라 부른 녀석들이 이쪽을 보고 있었다.

그 시선을 받은 구렌은,

"……."

뭐라 말을 하려고 했지만 옆에서 고시가 가로막았다.

"아, 참고로 이제 와서 후회되지 않느냐느니 어쩌니 하면 아주 확 날려 버릴 줄 알아."

구렌은 입을 다물었다.

그러자 이어서 미토가 구렌을 바라본 채,

"…이렇게 될 운명이었던 거예요, 구렌. 분명 이게 운명이었을 거예요. 이 동료들과 함께, 세계를 구하는 게."

그렇게 말했다.

운명.

그리고 동료.

그녀도 동료라 말했다.

동료. 동료. 동료.

파멸을 하루 앞둔 판에 '운명'이니 '동료' 같은 나약한 말에 과연 의미가 있기는 할까.

그런 생각을 하던 참에 이번에는 사유리가 말했다.

"…저는 종자라 동료라는 말에는 저항감이 있지만… 하지만 이미 저는 구렌 님께 목숨을 바쳤어요. 그러니 후회되냐는 말은 하지 말아 주세요."

이어서 시구레가 그 말에 고개를 끄덕이며,

"…사유리 말이 맞습니다. 설령 오늘 죽는다 해도. 내일, 동포와 가족이 몰살당하고 세계가 파멸을 맞는다 해도— 구렌 님을 따라온 일을 후회하지는 않을 겁니다."

그렇게 말했다.

"……."

구렌은 그 동료들을 바라보았다.

그리고 생각했다.

동료란 대체, 무엇일까. 그것은 목숨을 걸 정도로 중요한 것일까. 아무것도 모르는 상태이다 보니, 행선지를 모르는 열차에 우연히 함께 몸을 실은 것뿐인 관계처럼 느껴지기도 했다.

혹시 그렇게, 우연히 함께 몸을 실은 일 자체가 운명인 걸까.

"……."

확실히 우연히 함께 몸을 실은 동료가 서로를 믿고. 이 동료들로 파멸이니 붕괴니 하는 것을 막을 수 있다면.

수없이 기적을 일으켜 크리스마스이브를 넘기고.

크리스마스도 넘겨.

만약 살아남을 수 있다면. 그때 조금은 자신을 칭찬해 줄 수 있을지도 모르지만….

"……."

그때, 휴대전화가 울리기 시작했다.

시선이 일제히 그리로 쏠렸다. 엎어두었던 휴대전화를 집어 들었다.

착신화면이 표시되어 있었다.

그 위에 표시된 시각은 '22시 35분'.

마히루의 번호였다. 마히루에게서 걸려온 적이 있는 번호.

드디어 전화가 걸려온 것이다. 마히루가, 드디어 접촉해 왔다.

파멸의 날은 내일이다.

아무리 많게 잡아도 25시간이 남았다.

이 통화버튼을 누르면 그 마지막 톱니바퀴가 돌기 시작할 것이다.

이 통화버튼을 누르면 이 러브호텔에, 그들이 숨어 있다는 사실을 온 세상이 알게 될 것이다.

그리고 마히루와 연락을 취했다는 사실이 들통 날 것이다.

그러니 조용하고도 온화한 시간은 이로써 끝이다.

이것이 마지막이다.

어떻게든 목숨을 부지해서 이 호텔에 숨어들었지만, 그것도 끝나고 마지막 싸움이 시작될 것이다.

그래서 구렌은 통화버튼을 내려다보며 말했다.

"이봐, 너희들. 마음의 준비는 됐냐?"

동료들이 이쪽을 쳐다보았다. 마음의 준비 같은 게 된 사람은 없다. 자신도 아직 안 됐을 정도니.

하지만 다들, 그저 이쪽을 쳐다보고 있었다.

구렌은 그 시선을 받으며 다시 한번,

"…너희들."

그렇게 말했다.

우연히 같은 열차에 몸을 실은 것뿐이건만, 서로를 믿고 목숨까지 맡기는 기특한 동료들의 시선에, 마음에, 기대에, 우정에, 그는 자신도 답하고자 억지로 자신만만한 미소를 지으며 말했다.

"바보구나, 너희. 후회해 봐야 이미 늦었어. 방법은 모르겠지만, 우리끼리 세계를 구하자. 이건 운명이야. 운명으로 만들자고. 그러니 너희들 똑똑히 들어. 남은 25시간 동안만 너희 목숨을 나한테 줘."

그 말에 아무도 반박하지 않았다.

"나도 너희에게 내 목숨을 맡길 테니까."

그 말에도 역시, 아무도 반박하지 않았다.

"그러니 부탁 좀 하자. 그때까지 한 명도 죽지 마라. 다 같이, 한 사람도 빠짐없이 세계의 파멸을 막고 26일을 맞이하자."

이 녀석들은 죄다 바보라 그런 무모한 계획을 말해도 아무도 반박하지 않았다.

"그리고 떨이로 파는 크리스마스 케이크를 다 같이 먹자고. 다들 알겠지?"

그 물음에 일동이 곧장 고개를 끄덕였다.

시작된다.

마지막 싸움이.

구렌은 다시 한번 휴대전화를 내려다보았다.

누르면 끝난다.

누르면 시작된다.

그리고 그는, 통화버튼을 눌렀다.

순간, 파멸을 향해 나아가는 톱니바퀴가, 신음소리를 내며 돌기 시작했다.

선택의 결과는 금방 나타났다.

폭발음이 호텔 1층에서 울려 퍼졌다.

남녀의 비명소리가 들려왔다.

벌써 들통 난 것이다. 적이 침입해 올 것이다.

동료들이 움직였다.

"환술 펼친다! 다들 죽지 말라고!"

고시가 외쳤다.

사유리가 말했다.

"저는 입구를 지키—"

신야가 그것을 가로막고 외쳤다.

"아니, 퇴로를 확보해! 입구는 나 혼자 지킬 테니까!"

신야는 '흑귀' 보유자다.

사유리와 시구레보다 훨씬 강하다. 만약 입구 돌파 팀이 강할 경우, 시구레와 사유리가 즉사할 가능성이 있었다.

그래서 신야가 문 앞에 섰다. 혼자서. 원거리 전투에서 유리한 총검을 손에 든 채 선두에 섰다.

본래 전위에는 근접전투 능력이 가장 높은 구렌이 서야 옳았지만,

"빨리 통화 끝내."

신야가 말했다.

그와 동시에 시구레가 주부가 붙은 쿠나이*를 네 개 던졌다. 러브호텔에서 자살자가 나오지 않게끔 열리지 않게 해 둔 창문에 그것이 꽂혔다.

"폭파!"

그녀가 명령하자 주부가 폭발했다.

창문에 구멍이 뚫렸다.

옆에 있던 미토가 그 창문으로 고개를 내밀었다. 그러고는,

"이런! 벌써 이쪽으로도 적이—"

말하던 도중에 교전이 시작되었다.

미토가 주먹을 휘둘러 창문으로 침입하려던 적을 후려쳤다.

※쿠나이 : 닌자가 사용하는 양날 도구. 벽을 탈 때, 혹은 삽 대신 사용하거나 무기로도 사용한다.

사유리, 시구레도 방으로 침입하려는 적과 싸우기 시작했다.
신야도 마찬가지였다. 입구로도 적이 쇄도했다.
같은 광경이다. 요전의 수십 시간과 같은 광경. 피투성이 살육전이 시작됐다.
"……."
하지만 그를 끝으로 구렌은 동료들의 모습을 보기를 그만두었다.
눈을 감고서.
휴대전화를 귀에 가져다 댔다.
동료들을 믿고 휴대전화 너머에 있는 인물에게, 온 신경을 집중했다.
'귀주'를 귀에. 집음능력에. 마히루가 내는 소리를 듣기 위해 모두 긁어모았다.
조금이라도 많은 정보를 얻고자.
그녀보다 우위에 서고자.
휴대전화에서 목소리가 들렸다.
[구렌.]
마히루의 목소리다.
신경을 집중시킨 탓인지 마치 그 목소리가 자신의 몸속에서 직접 속삭이는 것처럼 크게 들렸다.
그녀의 목소리는 예뻐서 사람을 매료시키고, 홀리는 듯했다.

예전부터 그랬다.

[있지, 구렌.]

그녀는 그렇게 다시 한번 그의 이름을 불렀다.

구렌은 대답했다.

"연락이 늦었잖아. 어젯밤에는—"

하지만 그녀는 그 말을 가로막았다.

[여자애는 준비하는 데 시간이 걸리는 법이야.]

"그렇다 해도—"

[게다가 정말 좋아한다면 말하기 전에 내가 있는 곳으로 와야지.]

"나는 초능력자가 아냐."

[그러면 날 위해 초능력자가 되어 줘.]

될 수만 있다면 되고 싶었다.

보다 멀리 내다볼 수 있는 능력을 손에 넣고 싶다. 동료를 죽게 하지 않을 만큼의 힘을 손에 넣고 싶다. 하지만 세상은 그렇게 굴러가지 않았다. 자신은 천재가 아니고, 약하고 어리석은 쓰레기라 한 칸씩밖에 계단을 오르지 못한다.

그래서 언제나 동료를 위험에 빠뜨렸다.

소중한 동료를.

그래서 그는 말했다.

"초능력자가 되기에는 시간이 부족했어. 다음 기회까지 기다려 줘."

그러자 마히루는 슬픈 듯이 말했다.

[곧 세계가 끝장나는데?]

"……."

[느림뱅이 구렌. 귀여운 나의 구렌은 거북이인 채— 세계가 파멸을 맞을 거야. 다음 기회는 없어, 구렌.]

귀에 신경을 집중시켰다.

그녀의 숨소리에 집중한다.

그녀의 주변에서 나는 소리 중, 뭔가 그녀가 있는 곳을 추정할 만한 단서가 없는지를 더듬어 나갔다.

도청으로는 알 수 없는 소리를.

직접 대화하는, 그리고 오니의 힘을 몽땅 귀에 집중시키고 있는 그에게만 들릴 무언가를.

구렌은 말했다.

"그래도 마히루, 나는 너를 위해 모든 것을 배신했어. 네 쪽에 붙겠다고 선언했다고."

[그래서? 상이라도 줄까?]

"……."

바스락 바스락. 소리가 났다. 희미하게. 작기는 했지만 바스락. 바스락. 바스락. 기계적으로 무언가가 무언가에 닿는 소리다.

그것이 무엇일까.

그녀는 어디에 있을까.

“그래, 상 줘.”

[나한테는 상 안 주면서?]

“네가 받고 싶은 상은 뭔데.”

[으~음. 백마 탄 왕자님?]

“…….”

[괴로운 인생이었지만. 절망밖에 없는 인생이었지만. 그래도 의미 있었다고 생각하게 해 주는.]

바스락. 바스락. 바스락. 무언가가 도는 듯한 소리. 그것도 여러 개다. 하지만 그게 대체 뭘까. 그녀가 있는 곳은 어디일까. 상상했다. 그녀가 있을 곳을 상상해 보았다.

그녀는 말을 이었다.

[그런 왕자님이 와서, 키스로 내 잠을 깨우고 구해 주는 거야.]

“내가 그 왕자가 되어 줄게.”

[하하, 거북이 주제에?]

“지금부터라도 달릴게.”

[느림뱅이 거북이 주제에. 한 번도 와 주지 않았으면서.]

바스락. 바스락. 이 소리는 뭘까. 가설을 세웠다. 기계의 회전음. 공기조절장치의 소리인가? 천장에 매달린 실링팬이 주렁주렁 달려 도는 소리. 그러한 광경이 머릿속에 떠올랐다.

아닐까?

게다가 만약 그것의 정체를 알아낸다 한들 위치를 특정해낼 수 있을까?

귀를 기울이자. 귀를 기울이자. 그리고 상상해라. 그녀가 서 있는 장소를, 소리를 통해 모조리 구축해.

체육관처럼 넓은 장소. 그곳의 높은 위치에 자리한 거대한 실링팬이 몇 개나 천천히, 천천히 돌고 있다.

"위치를 말해. 내가 너를 지켜줄 테니까."

[너는 날 못 지켜.]

"그럼 왜 전화를 걸었지?"

[아하하.]

슬픈 듯한, 울 것만 같은 목소리다.

"지켜줬으면 해서 건 거 아냐?"

[이미 늦었어도, 네 목소리를 듣고 싶어서.]

"아니. 너는 날 만나고 싶어해."

[아하하….]

"마히루."

[아하하.]

"마히루."

[아하하하하하.]

웃고 있어도 그녀의 목소리는 우는 것 같았다.

그때,

"구렌!"

고함소리가 들렸다.

신야의 목소리였다.

구렌은 눈을 떴다. 방 안은 난장판이 되어 있었다. 방이 온통 피투성이였다. 적의 피와 아군의 피가 뒤섞여 있었다.

신야의 어깨에 칼이 꽂혀 있다. 그는 구렌을 지키고자 적의 공격을 맞은 것이다.

"신야."

"미안, 돌파당했—"

구렌은 순식간에 칼을 뽑아 신야의 어깨에 칼을 꽂은 적을 베었다.

이어서 덤벼든 적 두 명도 베어 죽였다.

신야가 말했다.

"방해해서 미안해. 하지만 너 없이 이곳을 지켜낼 수 있는 건—"

미토가 적과 싸우며 외쳤다.

"2분은 버틸 수 있어요!"

이어서 고시가 입을 열었다.

"3분으로 늘려주지! 그러니까 빨리—"

장소를 특정해내라는 것이다.

고시가 다시 전투를 시작했다.

사유리와 시구레도 피투성이가 되어 싸웠다.
신야가 동료들을 엄호하듯 총탄을 뿌려댔다.
하지만 아무리 봐도 3분을 버틸 수 있을 것 같지는 않았다.
3분 동안 방치하면 몇 사람은 죽을 것이다.
구렌은 그것을 보고는,
"마히루."
다시 한번 그녀의 이름을 불렀다.
그러자 그녀는 웃으며 입을 열었다.
[시간이 없다고? 나 말고 다른 여자를 지켜내려면?]
"……."
[그러면 장소를 알려 줄게. 이미 늦었지만. 그래도 내가 있는 곳으로 올 거야?]
"그래."
[그럼 가르쳐 줄게.]
그리고 그녀는 자신의 위치를 말했다.
그 장소는— 도쿄도 중앙구 긴자였다. 긴자에 있는 '햐쿠야 교'가 소유하고 있던 연구소에 있다고 말했다. 그 사실을 전화로, 냉큼 털어놓았다.
그곳에도 일제히 공격이 쏟아질 것이다.
하지만 그녀의 말은 거짓말이다.
도쿄에 있는 '햐쿠야 교'의 커다란 연구소에 관해서는 구렌도 이미 어느 정도 정보를 가지고 있었다.

금단의 연구에 손을 댄 '햐쿠야 교'를 흡혈귀가 일제히 파괴했다.

그중에는 긴자 연구소도 있었고, 그곳에서 '햐쿠야 교'가 어떠한 연구를 했는지, 그곳이 어떠한 구조로 되어 있었는지에 관한 정보는 이미 구렌도 볼 수 있도록 공유화된 상태였다.

그래서 그녀는 그곳에 없다는 사실을 알 수 있었다.

"……."

바스락. 바스락. 바스락. 바스락.

소리에 귀를 기울인다. 그 소리가 어디를 가리키고 있는지 귀를 기울인다.

도청하는 자들에게는 아마도 이 소리가 들리지 않을 것이다.

그에게만 들리는 소리.

마히루의 메시지.

거대한 넓이.

그것도 아마 지하 공간.

천천히 움직이는 실링팬. 평범한 기업은 소유하지 못할, 국가 규모의 조직이 아니고서는 소유하지 못할, 이상할 정도로 커다란 공기를 뒤섞는 장치가 일곱.

일곱 개가 서로 다른 타이밍으로 돌고 있는 듯 들렸다.

아니, 그것은 망상일지도 모른다. 환상일지도 모른다. 마히루가 자신에게, 자신밖에 못 알아들을 소리를 내주고 있다는 환상일지도 모른다.

하지만 그렇다 해도, 이제는 그것을 믿는 수밖에 없다.

그 실링팬이 있는 장소의 후보지로 짚이는 곳이 구렌에게는 네 곳 있었다.

첫 번째 장소는 시부야.

두 번째 장소는 우에노.

세 번째 장소는 이케부쿠로.

네 번째 장소는 롯폰기.

그중 지하에 있는 것은 우에노와 이케부쿠로뿐이다.

그리고 실링팬이 일곱 개 있는 곳은 이케부쿠로다.

다시 말해 그녀가 있는 곳은 이케부쿠로 지하에 자리한, '종말의 세라프'를 주로 연구했던 '햐쿠야 교' 소유의 시설이다.

그 사실을 알 수 있도록 마히루는 구렌에게 소리를 들려주고 있다.

만약 아무에게도 공격을 받지 않는다면 차로 30분 정도 만에 도착할 거리였다. 이브가 지나기 전에 도착할 수 있다.

하지만 그렇게 호락호락하지는 않을 것이다. 자신들은 세계를 상대로 반역의 뜻을 밝힌 지명수배자다. 게다가 이곳은 '미카도노오니'의 본거지인 시부야다.

시부야에서 빠져나가기도 어려울 것이다.

하지만 그렇다 해도,

"알겠어. 긴자로 가지."

구렌은 말했다.

[응. 와 줘. 올 수 있다면.]

"그럼 끊는다."

[응. 아, 구렌.]

"응?"

[조금만 더.]

"……."

[조금만, 더…… 목소리를 들려줘.]

마치 이게 마지막이라는 듯이 그녀는 말했다. 오지 못하리라 생각하는 것이다. 아니면 자신이 이케부쿠로에 있다는 정보가 전달되지 않았을 가능성이 있다고 생각하는 걸까.

전달되지 않았다면 분명 이것이 마지막이 될 것이다.

내일 정말로 세계가 파멸을 맞는다면 이것이 마지막 대화다.

하지만,

"이건 마지막이 아냐."

구렌은 말했다.

[……]

그녀는 한숨을 내쉬었다. 후우, 하고 한숨을 내쉬었다. 그 숨소리는 갈라지고, 떨리고 있었다. 무언가를 참듯 떨리고 있었다.

"나는 긴자로 가겠어. 네가 있는 곳으로."

[…응. 그래.]

목소리가, 떨리고 있었다.

눈물을 참는 것처럼.

그녀는 오지 못하리라고 생각하고 있는 것이다. 아니면, 아는 것이다.

이것이 마지막이라는 것을.

이케부쿠로에 도착하지 못하리라는 것을. 이케부쿠로로 오라는 정보를 흘리면서도, 구렌은 오지 못할 것이라고 생각하고 있다.

왜 울어, 라고 물을 수 없었다. 전 세계 사람들이 이 대화를 듣고 있을 테니. 적이. 아니, 이제 누가 적인지조차 모르겠다. 하지만 어쨌든, 가야만 한다.

그녀의 곁으로, 가야만 한다.

"끊는다."

[아, 잠깐.]

울 것만 같은 마히루의 목소리가 귓가를 맴돌았다.

"끊을 거야."

하지만 구렌은 끊지 않고 전투를 시작했다. 휴대전화를 왼쪽 귀에 댄 채. 오른손에 든 칼을 치켜들어,

"우오오오오오오오오오오오!"

귀에 집중시켰던 저주를 온몸으로 퍼뜨렸다. 신야를 죽이려 드는 적의 몸통을 셋 베었다.

신야도 적을 베어 죽이며 물었다.

"마히루는?!"

"긴자에 있어."

고시, 사유리, 시구레가 창문으로 침입하려 하는 적을 죽였다.

사유리가 말했다.

"퇴로를 확보했어요!"

구렌은 외쳤다.

"밖으로 나가자! 옥상으로!"

창문으로 뛰쳐나갔다. 아래로는 내려가지 않는다. 창틀을 딛고 옥상으로 올라갔다.

위에서 내려다보니 호텔 주변은 이미 '미카도노오니'의 군용차로 포위되어 있고, 주변은 아예 봉쇄된 듯했다.

그리고 상공에는 여섯 대의 헬기가 떠 있었다.

헬기가 공기를 찢는 소리가 몹시 시끄러웠다.

그 소음 속에서.

귀에 댄 휴대전화 속 목소리가 말했다.

'귀주'의 힘을 귀에 집중하지 않은 탓인지, 아니면 주변 소리가 너무 시끄러운 탓인지 휴대전화에서 들려오는 소리는 희미하기만 했다.

그 희미한 목소리가 말했다.
[구렌. 고마워.]
"……."
[네가 있어 준 덕에 나는, 오늘까지 삶의 의미를 가질 수 있었어.]
"……."
[사랑해, 구렌]
"……."
[사랑해.]
그 말을 들은 구렌은 입을 열었다.
"더 말하지 마. 지금 갈 테니까 기다려. 이게 마지막이 아니야."
그 말에 마히루는 얼마간 입을 다물고 있다가,
[응. 기다릴게!]
그렇게 답했다.
지켜지지 않을 약속.
그녀는 그렇게 생각할지 모르지만—
구렌은 통화를 끊고서 말했다.
"얕보지 말라고, 망할. 무슨 짓을 해서든 가 줄 테다."
휴대전화는 버렸다. 더는 볼 일이 없다. 그녀에게서 마지막 연락이 왔으니.
남은 것은 마지막 전투뿐이다.

탕, 탕탕, 탕.

신야가 빙글빙글 돌며 건물에 올라오려 하는 적을 쏘면서 다가왔다. 신야의 등이 구렌의 등에 부딪혔다.

신야가 말했다.

“그래서? 어쩔까? 이거 호텔에서 나가기도 어려울 것 같은데.”

구렌은 주변을 살폈다.

적의 숫자가 점점 늘고 있었다. 하늘에서도 감시당하고 있었다. 자신들의 모습은 적들에게 중계되고 있을 것이다.

동료를 죽이는, 배신자의 모습이.

이렇게나 동료들을 죽여가면서까지 살아갈 가치며 목표를 달성할 의미 같은 것이 자신들에게 있을까?

그런 것을 궁금해할 여유는, 더 이상 없었다. 그 순간 살해당할 것이다.

상대는 진지했다.

구렌은 물었다. 덤벼드는 적을 베어 죽이면서.

“네 계획은?”

신야가 총을 쏘며 답했다.

“적을 무시하고 다 같이 10시 방향으로 달린 다음, 옆 건물로 건너뛰어서—”

“안 돼. 상대는 바보가 아냐. 그 앞도 봉쇄되어 있을 걸.”

“그러면 어쩌자고. 결국 돌파하고 나가는 수밖에 없잖아.”

“할 수 있겠어?”
“글쎄? 해 보는 수밖에 없다고 결론 난 거 아니었어?”
해 보는 수밖에 없다. 그렇다. 하지만 무리다. 적의 수가 너무 많다.
어째서 옆 건물로 건너뛰자는 소리를 한 것일까. 그것은 그쪽이 더 긴자에 가깝기 때문이다. 옆 건물, 다시 옆 건물로 건너뛰며 어떻게든 지상으로 내려가서 긴자 방면으로 향하는 것. 그것이 최단 루트다. 또한 적이 그 루트를 봉쇄하고 있다는 사실을 알아도 그 루트로 갈 필요가 있었다.
이런 기세로 장시간동안 싸우는 것은 무리이기 때문이다.
하지만 진짜 최단 루트는 따로 있었다.
구렌은 말했다.
“신야.”
“왜?”
“실은 이케부쿠로야.”
“뭐?”
신야가 총을 쏘며 이쪽을 흘끔 쳐다보고는,
“헤에, 그래? 비밀스러운 대화가 있었다 이거구나?”
“그래.”
“내 약혼자하고.”
“알 게 뭐야.”

"그래서? 그런다고 상황이 변해?"

변한다. '미카도노오니'는 긴자로 이동하려는 구렌 일행을 저지하고자 병사를 배치하고 있을 것이다.

다시 말해 긴자 방면 루트는 절망적이리만치 돌파가 어려울 것이다.

하지만 그렇다면 그 긴자 루트를 향해,

"헬기를 추락시키자. 가장 상대에게 큰 피해를 줄 수 있는 방법은?"

그러자 신야가 갑자기 뻣뻣하게 서서 하늘을 올려다보았다. 눈을 가늘게 뜬 채. 겁이 날 정도로 날카로운 눈초리로. 그 눈 근처에 저주가 돌기 시작했다.

그는 움직이지 않았다.

그렇게 움직이지 않는 그를 노리고 덤벼드는 적을 구렌이 한꺼번에 베어 죽였다.

신야가 말했다.

"…젠장, 이러고도 세계를 구하지 못하면 우리는 그냥 살인자로 남겠네."

"방법은 찾았어?"

"다섯 대는 내가 격추할게. 가장 멀리 있는 헬기는."

"내가 처리하지."

"그러면 세 발 쏜 다음에 내 몸을 9시 방향으로 던져."

"알겠어."

"저기, 그렇게 쉽게 납득해도 되는 거야? 내가 뭘 하려는지—"

하지만 구렌은 말을 가로막았다.

"널 믿으니까."

그러자 신야가 이쪽을 가만히 쳐다보며 한마디를 내뱉었다.

"토 나와."

"시끄러워."

"하하. 뭐, 나도 널 믿어. 어쨌든 우리는 왕따인 데다 친구도 적잖아. 그럼 시작할까?"

"얼른 준비나 해. 헬기를 추락시켜서 적을 교란한 다음에 야마테도리에서 합류하자고. 시작하자."

그러자 신야가 진지한 눈으로 손가락을 세운 채,

"아니, 8초만 기다려. 7, 6—"

구렌은 고개를 들고서 외쳤다.

"합류! 미토, 고시는 신야를 엄호해! 사유리랑 시구레는—"

사유리가 외쳤다.

"구렌 님께—"

그러던 중, 신야가 말했다.

"2, 1, 쏜다, 구렌. 콰앙."

한 발의 총탄이 발사되었다.

백호의 형태를 띤 거대한 총탄이었다.

그것이 고속 회전하는 헬기의 프로펠러에 맞았다. 아마도 신야는 어떤 타이밍에, 어떤 프로펠러에, 어떤 각도로 맞출지 전부 계산한 것이리라.

헬기가 어떻게 떨어질지도.

헬기가 나선을 그리듯 회전하며 마치 빨려들 듯 건물과 건물 사이로 떨어졌다.

신야가 한 걸음 옆으로 자리를 옮겨 한 번 더 총탄을 발사했다.

"콰앙."

두 번째 헬기가 더 멀리 위치한 건물— 배치된 적의 수가 많아 보이는 장소에 추락했다.

신야는 한 발을 더 쏘았지만 그 총탄이 어떻게 되었는지, 구렌은 더 이상 확인하지 않았다.

분명 신야는 성공시켰을 테니.

그렇기에 온몸에 저주를 두르고 자신의 힘을 크게 증폭시키며,

"준비 됐어, 신야."

"허리에 찬 벨트를 잡아. 손은 건드리지 말고."

주문에 따라 구렌은 신야의 벨트를 붙잡았다. 도구를 휘두르듯 빙글 회전시켜 9시 방향 상공으로—

"2도 더 위로."

"그딴 식으로 말하면 어떻게 알아!"

고함을 치며 신야의 몸을 집어던졌다.

미토와 고시가 그것을 보고는,

"신야 님!"

"날 줄도 알았어?!"

그런 소리를 하며 쫓아가려 하는 것을 지나치며 구렌은 허리에 다시 칼을 찼다. 그대로 달렸다.

그리고 칼에 힘을 모았다.

칼집에. 칼에. 몸에. 마음에.

폭주 직전까지 오니의 힘을 모았다.

쿠르르르르르르르르르르르르르르, 온몸에 저주가 퍼지는 소리가 들렸다.

마음속에서 목소리가 들렸다.

오니의 목소리다.

〈오니야. 넌 오니가 될 거야. 그러길 바라고 있어.〉

"……."

〈그냥 오니가 되어 버리면 편할 텐데.〉

"……."

〈나 참, 이런 살인귀가 대체 뭣 때문에 계속 인간으로 남는 데 집착하는 거람.〉

눈앞에서는 수십 명이나 되는 적이 길을 가로막고 있었다.

그 수십 명의 목숨을 빼앗기 위해 그는 허리에서 칼을 뽑았다.

그러자 칼집에서 그의 악의가 뿜어져 나왔다. 욕망이 뿜어져 나왔다. 집착이 뿜어져 나왔다. 그때마다 사람이 죽었다. 죽고 또 죽었다.

이 살인에 대의는 있을까.

아니, 누군가를 죽이는 일에 대의 따위가 있을 리 없다.

그저 욕망을 쏟아내고 있는 것뿐이다.

세계를 상대로, 살고자 하는 욕망을 쏟아내고 있는 것뿐이다.

"우, 오오."

욕망이 폭주하려 한다.

오니가 몸을, 마음을, 뇌를 지배하려 한다.

"오오오오오오오오오오오오오오."

대의가 없다.

대의가 없다.

자신에게는 대의가 없다.

"오오오오오오오오오오오오오오오아아

아아아아아아아아아아아아아아아아아아아아아아아아아아아아
아아아아아아아아아아아."

하지만 그럼에도 자신은 인간성을 유지하는 일에 집착하고, 사람을 죽인다.

자신을 위해.

동료들을 위해.

살기 위해.

셀 수 없이 많은 사람을 죽이고서 그는 하늘을 올려다보았다.

그 눈 중 한쪽이 이미 저주로 새까맣게 물들어 있었다.

그리고 그 욕망으로 탁해진 눈의 시력이 훨씬 좋았다.

헬기 속. 조종석에 탄 남자가 마치 끔찍한 저주에 걸린 괴물이라도 본 듯 공포에 질린 얼굴로 이쪽을 쳐다보고 있는 것이 보였다.

그것을 향해 그는 도약했다.

믿기지 않을 정도로 높이, 매우 높이 뛰었다. 인간에게는 불가능할 정도로. 아니, 평범하게 '귀주'를 폭주시키기만 해서는 가능할 리가 없을 정도의 높이까지 도약해 헬기 전방에 달라붙었다.

조종사가 외쳤다.

"괴, 괴무…."

그 조종사의 목에 칼을 콱 꽂았다.

"커헉."

또 죽였다. 사람의 목숨을 빼앗았다. 그에 대한 혐오감과 쾌감이 느껴졌다.

오니가 자신의 몸과 마음을 빼앗으려 했다.

조종사를 잃은 헬기가 통제를 벗어났다. 헬기 안에는 아직 적이 있었다. 모두가 이쪽에게 공격을 가했지만 구렌은 그들 모두를 죽였다.

조종석으로 들어가서 조종간을 잡았다.

멀리서 헬기 소리가 났다. 이 헬기도 금방 추락할 것이다. 하지만 그 전에 가장 피해가 커지도록 직접 추락시킬 필요가 있었다.

아마 이미 이 시부야 도겐자카 햣켄다나 상점가에 일반인은 남아 있지 않을 것이다. 이만한 전투가 벌어졌으니 남아 있다 해도 얼마 되지 않을 것이다.

어쩌면 일반인도 살해당했을지 모른다.

목격자는 죽인다.

그리고 정보조작을 한다.

'미카도노오니'에서는 딱히 별난 일도 아니다.

하지만 아무리 그들이라도 오늘 벌어진 이 일에 대한 정보를 조작하기는 무리일지도 모른다.

헬기 안에서—하늘에서 내려다보니 그만큼 무시무시한 광경이 펼쳐져 있었다.

세계에서 가장 통행인이 많다고 알려진 시부야의 교차점을, 크리스마스이브 특유의 반짝이는 빛으로 가득한 거리를 내려다보았다.

그리고 그의 바로 아래에는—

빈방 없이 가득 찼던 러브호텔이 늘어선 좁은 상점가에 헬기가 몇 대나 추락해서 빨간 불길이 치솟고 있었다.

그 거리에,

"……."

조종간을 힘껏 당겨 헬기를 떨어뜨렸다.

헬기는 적병이 모여 있는 곳에 떨어졌다.

도중에 헬기에서 뛰어내렸다. 몇 대나 되는 헬기가 2차, 3차 폭발을 일으켰다.

이곳은 주거복합건물이 다닥다닥 붙어 있는 곳이라 수많은 보일러들이 연쇄적으로 폭발하기 시작했다.

곳곳에서 비명소리가 들려왔다.

칼로 베지 않아도 사람이 죽어나간다. 차례로 사람이 죽어나간다.

사유리와 시구레가 합류했다.

적들의 수는 다소 줄어 있었다. 도주 루트로 빠져나갈 수 있을 정도로는.

사유리가 말했다.

"…굉장해요."

그건 칭찬일까.

아니면 살아남기 위해서는 수단을 가릴 수가 없는, 자신들의 추악한 삶에 대한 비아냥거림일까.

시구레가 말했다.

"하지만 긴자 방면은―"

구렌이 말을 가로막았다.

"이케부쿠로야. 어떻게든 야마테도리로 나가야 해."

"아…."

시구레는 탄성을 자아낼 따름이었다.

사유리가 이케부쿠로로 이어진 루트로 눈길을 돌리며 입을 열었다.

"정말로, 굉장하세요, 구렌 님. 그래, 그렇구나…. 알겠어요. 갈 수 있을 것 같아요."

정말 그럴까. 분명 중간에 알아챌 것이다. 자신들이 긴자로 향하고 있지 않다는 것을. 알아채면 곧장 대응할 것이다.

그러면 또 같은 상황이 벌어질 것이다.

하지만 가는 수밖에 없다.

이런 짓까지 해 놓고 멈춰 설 수는 없는 일이니.

중간에 포기할 것이었다면 자신들은 좀 더 빨리 죽는 편이 나았을 테니.

그래서,

"……."

구렌은 또다시 필사적으로, 세계의 파멸을 따라잡고자 달리기 시작했다.

◆ ◆ ◆

그로부터 20시간 후.

12월 25일
크리스마스.
18시 20분

드문드문, 눈이 내리기 시작했다.

크리스마스를 맞은 도쿄에 눈이 내린 것이 대체 몇 년 만일까.

"오호. 화이트 크리스마스로군."

사이토는 차를 세우고 앞유리 너머로 하늘을 올려다보며 중얼거렸다.

"……."

하지만 그 말에 대한 대답은 없었다.

그는 조수석을 보았다.

안전벨트도 하지 않고 조수석에 앉은 소년은 마치 세계를 거

절하듯 무릎을 끌어안고 있었다.

사이토는 어깨를 으쓱하며 차에서 내렸다.

장소는 '햐쿠야 고아원' 앞이었다.

흡혈귀의 습격을 면한, 유일하게 남은 연구소다.

사이토는 눈을 가늘게 뜬 채 그 연구소를 쳐다보았다.

"나 원, 다들 너무 건성이라니까. 제대로 단속하지 않으면 금방 세계가 멸망할 것 아니야."

과거의 동포를 떠올려 보았다. 영원한 생명을 주체하지 못하는 흡혈귀들을.

하지만 뭐, 그런 것이야 지금은 아무래도 좋다.

그는 조수석 쪽으로 이동했다.

조수석에 앉은 소년—아마네 유이치로는 창문 너머로 이쪽을 보더니,

"…익!"

철커덕, 하고 안쪽에서 문을 잠가버렸다.

"에이, 왜 또 그래."

사이토는 그것을 보고 웃으며 주머니에 손을 넣어서는 원격 열쇠로 잠금장치를 열었다.

철컥.

그러자 유우는 또다시 허둥지둥 문을 잠갔다.

철커덕.

철컥.
철커덕.
철컥.
잠금장치를 잠그고 열기를 몇 번이나 반복한 후,
"에이~"
사이토는 잠금장치를 연 순간, 문을 열었다.
그러자 유이치로가,
"앗."
하고 말했다.
사이토는 미소를 지으며 입을 열었다.
"내려라. 도착했어."
"……."
"빨리. 눈 내려서 추우니까."
"……."
"그리고 머플러. 제대로 두르지 않으면 감기 걸려요."
유이치로는 무시했다.
그의 목에서 풀어져 가는 머플러를 목에 다시 둘러주려 하자,
"손대지 마!"
고함을 치며 덤벼들었지만 개의치 않았다.
양복 위로 가슴을 투닥투닥 얻어맞으며 머플러를 목에 다시 둘러주었다. 그러고서 유이치로의 팔을 붙잡았다.

"이봐! 이거 놔!"

역시 무시하고 아예 조수석에서 끌어냈다.

"놓으라고, 아저씨!"

유이치로가 고함을 쳤다.

아저씨—라는 단어에 사이토는 저도 모르게 웃음을 터뜨릴 뻔했다. 확실히 그의 눈에는 아저씨로 보일 것이다. 그것도 매우 나이든 아저씨. 자신은 벌써 천 년 이상이나 살았으니 틀린 말은 아니었다.

"놓으라고!"

사이토는 미소를 지으며 말했다.

"그래그래. 말 안 해도 놓을 거다. 왜냐하면, 오늘부터 여기가 네 집이 될 거거든."

유이치로가 다시 뒤로 돌아가지 못하도록 자동차 문을 잠갔다.

유이치로가 외쳤다.

"나한테는 집 같은 거 없어!"

"뭐, 그렇게 요란하게 불타 버렸으니 말이지~ 게다가 너는 부모에게 버려지고 살해당할 뻔했지."

"……."

유이치로의 얼굴이 살짝 구겨졌다. 울 것처럼. 어쩜 이렇게나 순수한 아이가 다 있을까. 아마 그의 가슴에는 자신을 죽이려 한 부모에 대한 애정이 남아 있을 것이다.

그를 대상으로 한 실험이 성공했음을 확신했다.

사이토는 차가운 눈으로 유이치로를 바라본 채 말을 이었다.

"하지만 괜찮아. 이 고아원에는 너랑 마찬가지로 부모에게 버려진 동료들이—가족들이 잔뜩 있으니까."

유이치로는 사이토의 손을 뿌리쳤다. 그러고는 울 것만 같은 얼굴을 홱 돌리며,

"…난 가족 같은 거, 필요 없다고!"

그렇게 말했다.

심정은 이해한다.

가족이 있어 봐야 좋을 것이 없다. 자신도 이미 경험한 바였다.

아련한 기억.

까마득하도록 오래된 기억이다.

머나먼 옛날, 자신이 인간이었을 적에.

자신에게도 가족이며 사랑하는 사람들이 있었다.

소중한 사람들이 있었다.

그리고 소중한 사람들이 있다는 것은, 그것을 잃을 날도 온다는 것을 의미했다.

행복은, 그것을 잃을지도 모른다는 공포와 함께 찾아오기 마련이다.

행복할수록 공포는 커진다.

공포가 커질수록 그 행복은 커진다.

그렇기에. 만약 살아가는 데 지쳤다면. 질렸다면. 더는 그렇게 탐욕스럽게 행복을 바라서는 안 된다.

그 사실을 사이토는 알았지만 지금 이렇게 유이치로가 가족 같은 건 필요 없다며 울부짖는다 해도,

"…필요 없어도, 너는 결국 여기 들어가야 해. 여기서밖에 살 수 없어."

그렇게 되도록 사이토가— 아니, 운명이 준비해 두었기 때문이다.

그리고 여기서부터 만남과 상실의 이야기가 시작될 것이다.

이야기의 톱니바퀴를 돌리는 것은 언제나 젊음과 어리석음과 집착이다.

흡혈귀들이 이미 잃은 것들이다.

"'햐쿠야 고아원'에 온 걸 환영한다. 아마네 유이치로 군."

사이토는 그렇게 말했다.

그리고 등 뒤에서 운명이 움직이기 시작한 것을 느꼈다.

감이 좋고 머리가 좋은 실험체 한 명이 이쪽의 존재를 알아챘음을 느꼈다.

그가 창문 너머에서 고개를 돌렸다.

새로운 실험체 동료가 고아원을 찾았다는 사실을, 미카엘라가 알아챘다.

그날은 크리스마스.
화이트 크리스마스.

"아아, 아아. 이 아름답고도 추악한 세계에 남은 건, 대체 몇 시간이나 될까."

주머니에 든 휴대전화가 진동했다. 몇 번이나, 쉬지 않고, 계속해서 진동했다. 아마도 보고가 들어온 것이리라. 도쿄 각지에서 현재, 세계가 종말을 맞이할 징조로 무슨 일이 일어나려 하고 있다는 보고가 들어오고 있었다.

하지만 이제 그것을 볼 필요는 없었다.

사이토는 그저 눈 내리는 하늘을 올려다 본 채,

"아아, 난 늦었구나. 오늘은 세계를 구하지 못하는 날이야. 그러니 미래에 대비해야지."

에취. 옆에서 유이치로가 재채기를 했다.

사이토는 미소를 지은 채 소년의 따뜻한 등에 손을 대고서 말했다.

"안으로 들어가자. 정말 감기 걸리겠어."

"……."

그리고 유이치로는 '햐쿠야 고아원' 안으로 발을 들였다.

◆ ◆ ◆

12월 25일

크리스마스.

19시 20분

저녁부터 내린 눈이 쌓이기 시작했다.

시부야에서 이케부쿠로로 가는 길.

차로 이동하면 30분밖에 걸리지 않을 거리가 오늘은 너무도 멀게 느껴졌다.

전투 개시로부터 21시간이 경과했다.

아직도 구렌 일행은 이케부쿠로는커녕 중간 지점인 신주쿠에 있었다.

추적자와 싸우고 도망치고 숨고 발각당하고 숨고 발각당하기를 반복해— 간신히 도착한 니시신주쿠고초메 역 근방 교차점.

대체 지금까지 몇 명을 죽였을까. 아니, 자신들은 어째서 살아남고 있는 걸까.

피투성이가 된 여섯 명이 비틀거리며 차도를 달렸다.

차는 달리고 있지 않았다.

도로 자체가 봉쇄된 듯했다.

적의 수는 신주쿠에 가까워질수록 줄어들었다. 쓸데없는 공격이 줄어든 것이다.

다시 말해서, 결국 목적지를 특정당하고 말았다.

긴자가 아니라 이케부쿠로로 가고 있다는 사실을 들킨 것이다.

길 끝에 거무튀튀한 미니밴이 몇 대나 세워져 있었다.
매복하고 있었다.
하지만 이곳을 돌파하지 못하면 목적지로는 가지 못한다. 어쨌든 절반을 오는 데 이미 20시간 이상이 걸리고 말았기 때문이다.
여기서 20시간을 더 들여 이케부쿠로로 향했다가는, 크리스마스가 끝나 버릴 것이다.
신야가 걸음을 멈췄다.
"…허억, 허억, 허억, 다들, 좀 기다려 봐. 일단, 멈추자."
그리고 적이 매복하고 있는 교차점 너머를 바라보고는—
"저기, 구렌."
그렇게 말하며 이쪽으로 눈길을 돌렸다.
신야가 무슨 생각을 했는지는 이미 알았다.
이곳을 돌파할 방법이다.
현재의 상황에서는 선택지가 거의 없었다.
하지만 그것이 무엇인지를 알기에 구렌은 답하지 않았다.
"……."
"구렌, 안 들려?"
"우회하자. 다른 루트로."
"그랬다가는 늦을 거야. 너도 알잖아?"
"……."

다른 동료들도 이쪽을 쳐다보았다.

안다. 그건 안다. 이케부쿠로까지 가는 길이 쉽지 않으리라는 것은 알았지만, 그렇다 해도 시간이 너무 걸렸다.

이 상황을 타개하려면—

신야가 말했다.

"…이제 방법이 없어. 미끼 작전을 쓰자."

그 말을 들은 구렌이 신야를 쳐다보았다.

"그 작전에서, 누가 미끼를 맡는데? 나냐?"

"아니, 나야. 내가 구렌 역할을 할게. 고시에게 동료가 있는 것처럼 보이도록 환술을 쓰게 해서 도망칠게. 너희는 그러는 동안 신주쿠를 돌파해. 알겠지? 고시, 우리 둘만 남아서 얼마간 적들을 묶어 두자."

그런 짓을 하면, 두 사람은 금방 살해당할 것이다.

여섯 명이 함께 있는 지금조차 현재까지 아무도 죽지 않은 것은 기적이라 할 수 있었다. 지금도 진형이 조금이라도 무너지면 곧장 전멸할 것이다.

하지만 고시는 태연하게 말을 받았다.

"아~ 그러죠, 뭐. 확실히 그 방법밖에 없으니까요."

그러고는 눈 내리는 하늘을 가리키며 말을 이었다.

"이대로 가면 크리스마스가 끝날 테니까요."

미토, 사유리, 시구레가 이쪽을 쳐다보았다.

그녀들은 아무 말도 하지 않았다. 어떠한 전개든 받아들이겠다는 얼굴이었다. 머리카락과 얼굴, 온몸이 피투성이라 무척 피곤한 표정이기는 했지만.

확실히 이대로는 안 된다. 정론이다. 하지만.

"미끼 쪽이 죽을 확률이 높아. 내가 하겠어."

구렌은 말했다. 적의 눈길은 미끼에게 향할 것이다. 미끼는 둘밖에 없다. 금방 살해당하고 말 것이다.

하지만 신야는 웃으며 반박했다.

"그거, 고려할 필요가 있어? 죽는다 해도 어차피 한 시간 정도밖에 차이가 안 나잖아. 이케부쿠로로 향하는 쪽도 이대로 가면 금방 죽어."

"……."

"하지만 이렇게 안 하면 아무도 이케부쿠로에 도착하지 못한 채 세계가 파멸을 맞을 거야. 안 그래?"

그 말을 들은 구렌은 신야를 쳐다보며 말했다.

"…그럼 네가 마히루가 있는 곳으로."

그러자 신야가 그의 어깨를 팍, 하고 세게 때렸다.

하지만 얼굴은 히죽히죽 웃고 있었다.

"장난해, 너? 그 애가 기다리는 사람은 내가 아냐. 너도 알잖아? 오늘의 주역은 너야."

"……."

"네가 가. 세계를 구하라고. 아까 이걸 운명으로 만들자고 잘난 척은 있는 대로 하며 닭살 돋는 연설까지 했잖아. 그러니까 그 책임을 져. 우리는 널 믿어. 믿고 여기서 죽어 주겠다고. 그러니까—"

구렌은 말을 가로막았다.

"…그런 거 부탁한 적 없어."

"부탁했어."

"부탁한 적 없어! 난 한 사람도 빠짐없이 오늘을 넘기고 싶다고…."

"못 넘겼잖아! 현실을 보라고. 이대로 여기서 미적거린다고 살아남을 수 있을 것 같아?!"

"……."

"힘이 부족하다고. 우리는 오늘, 지금, 힘이 부족해. 그건 어떻게 할 방법이 없어. 하지만 앞으로 나아가야만 해. 그에 대한 해결책이 있어?"

"……."

"없잖아? 구렌. 다른 길이 있다면 가르쳐 줘."

물론 그런 게 있다면 자신도 알고 싶었다. 하지만 다른 길은 없다. 그 길을 신야가 골라줬음에도 골인지점까지—이케부쿠로까지 달려갈 자신이 없었다.

"설마 그럴 각오도 없이 우리의 목숨을 짊어졌던 거야?"

그러한 신야의 말에도 구렌이 답하지 않자, 그는 어이가 없다는 듯한 표정으로 구렌을 보며 말했다.

"…그래, 알겠어, 그러면. 알겠다고. 안 죽어. 안 죽을게~ 안 죽도록 노력할 테니까 안심하고 가. 세계를 구하고 오라고."

거짓말이다. 그는 여기서 죽으리라는 것을 안다. 일동이 다 안다.

"고시, 시작하자."

신야가 말했다.

그러자 고시도 냉큼 환술을 쓰기 시작했다.

미끼가 되기 위한 환술.

여기서 죽기 위한, 환술.

죽을 생각이다. 여기서, 이 녀석들은 죽을 생각이다.

구렌은 말했다.

"…붙잡히면, 곧장 항복해."

그러자 신야와 고시가 이쪽을 보며 웃었다.

신야가 말했다.

"우리도 딱히 개죽음 당할 생각은 없어."

"알겠지? 안 되겠다 싶으면 바로 항복해."

"알았대도. 그보다, 그렇게 살아남은 뒤에 세계가 남아 있으면 좋겠는데."

"…그건, 내가 어떻게든 할게."

신야가 미소 지었다.

"뭐, 너도 너무 무리하지 말고. 여기까지 와서 말하자니 좀 그렇지만… 안 되겠다 싶으면 항복하자. 알고 보면 우리는 이야기의 주인공이 아닐지도 모르니까."

"……."

"딱히 우리가 아등바등 애쓰지 않아도 어딘가에 누군지 모를 특별한 영웅이 있어서, 다른 곳에서 노력해 줘서, 세계를 어떻게 해 줄지도 모르니까 좀 더 마음을 편히 갖자고."

그런 소리를 신야가 했다.

하지만 물론 그렇게는 되지 않으리라는 것을, 이 자리에 있는 이들은 모두 알았다.

그런 일이 지금까지 없었기에 오늘, 자신들은 발버둥을 칠 수밖에 없는 것이다.

태어났을 때부터 세계는 계속 모질었다.

발버둥치지 않으면 세계는 더욱 모질어졌다.

게다가 발버둥을 친들 아무 것도 바뀌지 않았다.

아니, 오히려 발버둥을 칠수록 상황은 악화되기만 했다.

아버지는 살해당하고, 첫사랑 상대인 소녀는 운명에 농락당해 울고, 동료를 미끼삼아 앞으로 나아가야만 하기까지 했다.

하지만 오늘은, 발버둥 칠 필요가 있었다.

무언가를 희생해서라도.

동료를 미끼삼고, 버림수로 써서라도. 오늘이 모든 것의 마지막 날이라면 앞으로 나아갈 필요가—

"……아아, 젠장."

구렌은 넌더리가 나서 한숨을 내쉬며 하늘을 올려다보았다.

눈이 내렸다.

정말, 정말로 넌더리가 날 정도로 아름다운, 새하얀 눈이.

신야와 고시는 여기서 죽는다.

그 사실은 이미 안다.

시구레, 미토, 사유리도, 아마 죽을 것이다.

자신도.

힘이 부족했다.

턱없이 부족했다.

시부야에서 이케부쿠로.

그 거리는 20킬로미터 정도.

고작 그만한 거리를 이동할 힘조차 자신들에게는 없었다.

신야는 어딘가에 다른 주인공이 있을지도 모른다고 했지만—만약 그런 녀석이 있다면 자신은 그것과는 비교도 못하게 하찮은 존재일 것이다.

느림뱅이 거북이가 그저 세계의 한 구석에서 천천히 기었을 뿐이다.

하지만 그럼에도 더 나아가야 할까?

동료들을 내버리면서까지.

동료들의 목숨을 버림돌 삼아가면서까지, 마히루 같은 토끼가 되기를 꿈꾸며 달려야 할까?

토끼를 따라잡아라.

토끼를 따라잡아라.

누구보다도 빨리 선두에서 달리는 토끼를 따라잡아라.

뒤에서 신야가 말했다.

“좋아, 휴식은 이 정도로 끝내자. 시간이 없어. 고시, 뛰자.”

이어서 고시가 말했다.

“그럼~ 살짝 다녀와 보실까~ 미토, 시구레, 사유리. 살아서 만나면 상으로 쪼옥~ 정도는 해 주라.”

그러자 미토가 말했다.

“…정말이지, 바보 같은 소리하지 마세요.”

그 목소리가 떨렸다. 아마도 울고 있을 것이다. 하지만 절대로 ‘죽지 말라’는 말은 아무도 하지 않았다. 죽을 것을 알기에.

이어서 시구레가,

“조심하세요.”

라고 말했다.

끝으로 사유리가,

“…짧은 시간이었지만 함께해서 즐거웠습니다.”

라고 말했다.

이것이 마지막 작별 인사가 되리라는 것을 모두가 알았다.

구렌은 그 모습을 바라보며 생각했다.

하늘을 올려다보며, 계속 생각했다.

토끼를 따라잡아라.

토끼를 따라잡아라.

토끼를 따라잡아라.

과연 그게 정답일까?

정말로?

"……."

동료를 희생해서 앞으로 나아가는 것이.

가족, 동료, 우정, 성의, 사랑, 다정함, 나약함. 그런 것들을 버리는 것이 앞으로 나아가는 조건이라면, 차라리 지금 당장 오니가 되어 버려도 되지 않을까?

그러자 마음속에서 목소리가 들려왔다.

〈맞아.〉

오니의 목소리가.

〈맞아, 구렌. 처음부터 그러라고 했잖아. 결국은 전부 부질없는 짓이었어. 원하는 게 있으면, 다른 건 버려야지.〉

노야의 목소리가 들려왔다.

〈자, 내게 몸을 맡겨. 강해지자. 더 강해지자. 무언가를 지키기 위해.〉

자신의 욕망의 목소리가 들려왔다.

〈누군가를 지키기 위한 힘을 손에 넣으려면, 일단 나약함을 버리고 앞만 보고 달려야—〉

하지만 그 목소리를 가로막고,

"…아아, 다들, 미안해."

구렌은 말했다.

하늘을 바라본 채.

하얀 눈이 내리는 하늘을 바라본 채.

"…틀렸어. 나는, 약해. 나약함을 버릴 수가 없어."

그는 그렇게 말했다. 그러고서 시선을 내렸다.

동료들이 놀란 듯한 표정으로 이쪽을 보고 있었다.

당연했다. 이만한 희생자를 내놓고 이제 와서 할 말이 아니기 때문이다.

신야가 이쪽을 보며 말했다.

"대체 그게…."

그 말에 구렌은 답했다.

"…나는, 여기 있는 동료들을 잃고 싶지 않아."

"에에에에에에에에."

고시가 탄성을 토해냈다.

미토, 사유리, 시구레도 대체 어쩌라는 것이냐는 표정으로 이쪽을 쳐다보았다.

신야가 난감하게 됐다는 표정으로 말했다.

"아니, 저기, 그 말… 농담이지? 지금은 그런 소릴 할 타이밍이 아니지 않아?"

신야의 눈을 본 채 구렌이 답했다.

"그래. 알아. 하지만 그래도, 아무도 죽지 않을 길을—"

"이미 충분히 왕창 죽었잖아."

"……."

"게다가 잔뜩 죽이기도 했고. 그것도 네 결단에 따라서. 그런데 이제 와서 도망치자고?"

"……."

"장난해? 이제 와서, 여기서 질 것 같다고 게임을 포기하고 달아나자고?"

신야는 길 건너에 있는 적 집단에게 시선을 돌렸다.

적도 놀랐으리라. 설마 여기서 구렌 일행이 멈추리라고는 생각지 못했을 테니. 이런 식으로 멈출 것이었으면 좀 더 이른 단계에 항복했어도 이상할 것이 없었기에.

구렌은 그럼에도 말을 이었다.

"…동료를 내버리면서 세계를 구해 봐야 무의미해."

"하지만 그렇게 안 해도 어차피 파멸하잖아."

"그렇다 해도, 동료들을 버려가면서 전진해 봐야…."

"구렌. 이미 우리는 죽은 거나 다름없어. 히이라기를 거슬렀으니까. 네가 그러자고 결정했고 우리는 그에 따랐어. 너를 믿고 따라왔다고."

"실수였어."

"웃기지 마! 질 것 같다고 이제 와서 포기하는 게 말이나—"

"포기는 안 해. 다른 길을 찾을 거야."

"그런 건 없어!"

"포기하고 싶지 않아."

"그딴 거 없다고! 구렌! 계속 그랬어! 태어나서 지금까지 계속! 누군가를 죽이지 않으면 살해당해. 무언가를 버리지 않으면 아무것도 주울 수 없다고! 그게 규칙이야. 그러니… 그러니까… 나는…."

어째서인지 신야의 눈에 눈물이 고여 있었다.

구렌은 그 눈을 쳐다보며 말했다.

"…그러니 마지막 날 정도는 나약함을 버리라고? 하지만 이미 우리는 나약함을 버리지 않기로 했잖아."

"……."

"우리는 약하니까, 친목을 소중히 하기로 약속했잖아. 부끄러울 정도로 약하니까, 동료들과 친목을 다지며 앞으로 나아가기로."

신야가 눈물이 괸 눈으로 이쪽을 노려보았다. 다른 세 사람도 저마다 이쪽을 똑바로 쳐다보았다.

자신은 목숨을 걸어 준 동료들에게, 답해 주는 존재로 남을 수 있을까.

구렌은 말을 계속했다.

"…우리와는 다른, 나약함을 버린 토끼는 멀리 달려갔어. 전혀 따라잡을 수가 없지. 아직 우리는 신주쿠에 있고… 이야기는 이케부쿠로에서 진행되고 있어."

"……."

"그럼 뭘까. 우리는 대체 뭘까. 분명 주인공은 아니겠지. 그건 날 때부터 알고 있었어. 그러면 대체 뭘까. 왜 살아 있지? 동료들과 무리를 이루고, 친목을 다지고, 커다란 희생까지 치렀는데 결국 외부인인 채, 아무것도 달성하지 못하고 세계의 파멸을 맞으려 하고 있어."

"……."

"그걸 보고 뭐라고 할까? 쓰레기? 짖지도 않는, 쓸모없는 패배견? 그래, 그게 맞아. 형편없는 패배견들이야. 하지만 그래도—"

자신을 믿어 주는 동료들을 바라보며 구렌은 말했다.

"오늘 세계가 끝장난다면— 그리고 그걸 어떻게 할 방법이 없다면, 나는 동료를 버리지 않았다고 외치며 당당하게 죽고 싶어. 그게 내 싸움이야."

그는 그렇게 말했다.

일동은 입을 다물었다.

신야는 이쪽을 날카롭게 노려보고 있다.

낙담했을까. 당연하다. 이런 녀석을 따라오다니. 이런 바보를 믿어 버리다니.

신야가 말했다.

"어차피 죽어."

"그래."

"여기서 도망쳐봐야 어차피 죽는다고."

"그래."

"넌 겁쟁이야."

"그래, 맞아. 만약 때리고 싶으면—"

거기까지 말한 참에 신야가 주먹을 휘둘렀다.

제대로 얼굴을 얻어맞고 구렌은 쓰러졌다. 눈앞에서 불똥이 튀었다. 세상이 빙글빙글 도는 가운데, 이런 생각을 했다. 자신은 얻어맞을 만한 짓을 했다. 돌이킬 수 없는 짓을 했다. 좀 더 잘 할 수 있을 터였다. 이런 곳에서 갑자기 약한 소리를 하며 방향 전환을 할 것이었다면, 애초에 분란 따위 일으키지 말고 외부인으로서 크리스마스 케이크나 다 같이 먹을 걸 그랬다.

그야말로 아버지처럼, 연신 미소를 짓고 동료가 살해당하지 않도록 머리를 짓밟히며 살 걸 그랬다. 그랬다면 희생자는 적게 나왔을 것이다. 자신이 아버지만큼 강했다면 사망자의 수를 줄일 수 있었을 것이다.

"……."

하지만, 한편으로는 이런 생각도 들었다.

만약 그랬다면 자신들은 동료가 되지 않았을 것이다.

만나지도 않았을 것이다.

고등학교에 입학해, 동료가 될 리 없는 녀석들과 만나, 자신들은 주인공이 아님을 알면서도 어떻게든 자신들의 미래를 만들고자 발버둥을 친 끝에 지금이 있는 것이라면.

그렇다면.

그런 것이라면.

구렌은 눈을 떴다. 울 것만 같은 얼굴로 자신을 때린 신야를 올려다보았다.

동료들을 올려다보았다.

그러고서 말했다.

"신야."

"왜."

"…우리는 아마, 약해서 만났을 거야. 그럼 나약함을 버리면 아무 것도 안 남지 않을까?"

"……."

"세계를 구해 봐야, 아무것도 안 남아."

"……."

"그러니 신야. 난 그걸 버리고 싶지 않아."

구렌은 그렇게 말했다.

그 말을 들은 신야는 이쪽을 노려본 채 떨리는 목소리로 말했다.

"…제길, 뭐야, 그게."

구렌을 때린 주먹을 떨며.

"…뭐냐고. 이게 진짜, 정말로 막판이라고. 죽기 직전인, 이, 마지막 순간에…."

괴로운 듯, 당장에라도 통곡을 할 듯한 얼굴로,

"비겁하게 정론을 말하는 게 어딨어."

"…그러게."

"그러면… 도망치고 있는 건 나라는 거냐? 여기서 미끼가 되어 죽겠다는 소리를 하는 건…."

거기서 말을 멈췄다.

이쪽을 노려본 채, 신야는 작은 소리로 심호흡을 했다.

가슴을 부여잡은 채 한 번, 두 번, 세 번 호흡을 가다듬고서.

"…그래. 맞아. 지금 두 패로 갈라져도 분명 우리는 이케부쿠로에 도착하지 못할 거야. 끝까지 열심히 했다고 만족하며 죽을 뿐이겠지. 하지만 그러면 어쩌자는 건데? 사이좋게 다 같이 살아남아서 이케부쿠로에 가려면— 아아~ 그걸 지금 도망치지 말고 생각하라고?"

구렌은 고개를 끄덕이며 말했다.

"그래. 생각해, 멍청아."

"어디서 큰소리야?"

"나약함을 짊어지고 가자는 소리를 먼저 한 건 너였잖아. 너도 그 책임을 져."

"뭐?"

"내 친구가 된 책임을 지라고."

"뭐어어어어어어어어?"

신야는 그렇게 말하더니, 웃음을 터뜨렸다.

미토도, 고시도, 사유리도, 시구레도 웃었다.

이토록 절망적인 상황임에도 다 같이 웃었다.

신야가,

"아아 진짜, 제길, 친구는 골라서 사귀었어야 했는데."

이제 와서 그런 소리를 했다.

그 말을 들은 고시가,

"아뇨아뇨, 나쁘지 않은데요, 이거. 오늘 세계가 이렇게 끝장난다는데, 막판에 와서 이렇게 바보 같이 치고받다니… 전 이렇게 뜨거운 고교생활, 마음에 듭니다!"

그러자 시구레가 고시를 노려보며,

"아뇨, 구렌 님을 때리는 건 있을 수 없는 일입니다."

이어서 사유리가,

"동감이에요. 뭐, 백 보 양보해서 친한 사이니 아슬아슬하게 용서해 드리겠지만, 방금 전 건 아슬아슬했어요. 정말로."

그러자 고시가,

"어, 어, 말도 안 돼. 방금 전의 그 뜨거운 우정이 여성진한테는 전혀 안 전달된 거야?!"

그런 소리를 하며 웃었다.

끝으로 미토가,

"아, 아뇨, 저는 조금은 이해가 됐는데요…."

"미토!"

고시가 기쁜 듯 그렇게 외쳤지만 미토는 무시하고 이쪽을 쳐다보았다.

"…저기, 이런 소리를 하려니 쑥스럽지만… 저도 조금, 동경했었어요. 이런 인간관계를. 지위며 명예, 성적과도 무관한, 집안이며 주종관계와도 무관한 동료를 만나는 걸. 그런 일은 제 인생에서는 일어나지 않을 거라 생각했거든요."

그러자 일동이 미토를 바라보았다.

직후, 신야가 쓰러진 구렌 쪽으로 손을 뻗으며 말했다.

"그러면 이건 훈훈한 이야기라 치고… 지금은 그 뜨거운 고교 생활이 오늘로 끝난다는 문제야."

구렌은 신야의 손을 잡고 일어났다.

신야는 주머니에서 휴대전화를 꺼내서 화면을 보고 한숨을 내쉬었다.

"벌써 19시 40분이야. 오늘 몇 시에 세계가 끝장날지는 모르겠지만—"

고시가 말했다.

"의외로 1분 후에 끝장날 가능성도 있지요?"

다 같이 고시를 쳐다보았다. 신야가 말을 받았다.

"10초 후일지도 몰라. 어쩌면 파멸이 오지 않을 수도 있고. 확실히 구렌이 말한 것처럼, 우린 완전히 외부인이야. 이 상황에서 게임을 포기할까?"

시선이 구렌에게로 쏠렸다.

그는 대답했다.

"아니."

"그럼 어쩔까."

구렌은 거리 끝을 보았다. 적병이 더욱 늘어난 듯 보였다. 아니, 배후에도, 측면에도, 사방팔방을 에워싸듯 병사가 배치된 것이 느껴졌다.

하지만.

"저건, 왜 공격해 오지 않는 거지?"

그 말의 의미는 신야에게 곧장 전달되었다.

척 봐도 상황이 바뀐 듯했다.

시부야에서 이곳, 신주쿠에 도착할 때까지는 그토록 격렬한 공격과 탐색이 이루어졌건만 지금은 적의 공격이 갑자기 멈췄다.

지금도 포위망을 굳히듯 병사들을 계속 배치하고는 있었지만 공격은 해 오지 않았다.

신야도 주변을 둘러보며 말했다.

"더 이상 놓치지 않기 위해서 아닐까? 우리가 좀 열심히 도망쳐 다녔어야지."

확실히 그 숨바꼭질은 이틀 내내 이어지고 있었다. '미카도노오니'의 본거지가 있는 시부야에서 고작 여섯 명으로 이만한 시간을 도망쳐 다닌 것은 자랑하고도 남을 일이었다.

만약 저쪽에 구렌 일행을 죽이라는 명령을 받은 자가 있었다면 이미 몇 명은 처벌당했을 것이다.

고작 여섯 명을 상대로 대체 뭘 하는 것이냐며.

상황도 나쁘지 않았다.

적은 이쪽이 긴자로 향하고 있다고 생각했고, 그 정보를 이용해 얼마간은 숨어서 움직일 수가 있었다. 그래서 살아남을 수 있었다고 생각했지만—

구렌은 말했다.

"다들 생각해 봐. 만약 적이, 지금까지 아슬아슬하게 우리가 죽지 않을 정도의 추격밖에 하지 않았다면…?"

그러자 일동의 얼굴에 공포의 빛이 떠올랐다.

구렌은 말을 계속했다.

"우리는 이 이야기의 주역이 아니야. 쫓을 가치가 있을 정도의 배우도 아니지. 그럼, 왜 쫓는 걸까?"

"……."

"언제든 죽일 수 있다면, 왜 살려 두고 있는 거지?"

그러자 고시가 말했다.

"아니, 하지만 우리가 꽤 발악을 해서 빠져나온 거—"

구렌은 그 말을 가로막았다.

"발악을 했는데 여기까지밖에 못 온 거라면, 끝장이야. 우리에게는 운과 실력, 시간이 모두 부족했던 거지. '미카도노오니'는 반역자를 지금 여기서 죽일 테고, 우리의 이야기는 끝날 거야."

"아…."

고시가 말을 멈췄다.

구렌은 말을 계속했다.

"하지만 살려 둔 것이라면? 이 도주극에는, 무슨 의미가 있을까?"

사유리가 역시나 고민스러운 표정으로 말했다.

"양동일까요?"

미토가 물었다.

"하지만 누구를 상대로요? 긴자로 오라고 한 건—"

"마히루지."

구렌이 대답하자 시구레가 생각에 잠긴 듯한 표정으로 말했다.

"평범하게 생각하자면, '미카도노오니'의 병사는 저희보다 먼저— 그야말로 어젯밤 중에 긴자에 갔겠죠?"

그리고 그럴 경우에 발생할 수 있는 전개는—

1. 마히루는 이미 살해당했다.

2. 마히루는 '미카도노오니'와 맞붙어도 문제가 없을 정도의 전력으로 교전 중이다.

3. 마히루가 이미 승리했다.

모두 다 가능성이 있었지만, 구렌 일행은 모든 전개에 있어 외부인이다. 만약 그렇게 되었다면 '미카도노오니'의 추격자들이 구렌을 살려 둘 필요는 없다. 우연히 살아 있을 뿐, 머지않아 살해당할 것이다. 그러니 그 가능성에 관해서는 생각할 필요가 없다.

어째서 지금까지도 살려 두고 있는가, 하는 것을 생각해야 한다.

신야가 말했다.

"마히루는 구렌만 알 수 있는, 진짜 위치를 전화로 말했지? 그리고, 그게 이케부쿠로고."

고시가 팔짱을 끼며 말했다.

"그러면 그 구렌에게만 전해진 정보를 알기 위해 우리를 풀어둔—"

하지만 신야가 말을 가로챘다.

"그런 것치고는 공격이 너무 거세. 마히루의 위치를 우리에게서 알아내고 싶었다면, 곧장 붙잡아서 고문하거나 공격하지 않고 풀어 둬서 목적지로 가게 했어야 해. 하지만 실제로는 여기 오기까지 20시간도 더 걸렸어. 이게 대체 무슨 의미일까?"

그에 고시가 팔짱을 낀 채 계속해서 으음~ 하고 신음을 하다,

"역시 우리가 너무 열심히 발악한 것뿐 아닐까요."

그렇게 말하자 미토가 나무랐다.

"글쎄, 그건 지금 생각할 필요가 없다니까요!"

"아니, 그래도 의미 없는 일은 이 세상에 넘쳐나잖아~"

맞는 말이다.

언제나 의미는 없다. 아무도 주목하지 않는다.

자신들에게 가치가 있다고 진심으로 믿을 수 있는 것은 어린아이들뿐이다.

하지만 그렇다 해도 그것을 인정하기란 무서운 일이다. 너무도 무서운 일이다. 자신에게는 가치가 없고, 살아갈 길 역시 남아 있지 않다는 뜻이 되기에.

그리고 길이 없는 상황에서 필사적으로 발버둥을 치는 것은 꼴불견이다. 시간 낭비다. 그래도 그는 생각했다.

그는 마히루와의 대화를 되짚어보며 말했다.

"마히루는, 두 번 다시 나랑 못 만날 것처럼 말했어."

그러자 다시 일동이 이쪽을 쳐다보았다. 마히루 이야기를 하자 미토, 시구레, 사유리는 다소 불쾌한 눈치였다.

신야가 이쪽을 노려보며 말했다.

"기다리겠다고 한 거 아니었어?"

"그랬지. 하지만 그 녀석의 말은 아무것도 믿을 수가 없어."

"……."

"두 번 다시 못 만날 것처럼 말한 것도 연기였을지도 몰라. 기다리겠다고 한 것도, 전부 믿을 수가 없어. 그러니 가장 가능성이 높은 건, 처음에 말한 사유리의 추측이라고 봐."

사유리가 고개를 들며 말했다.

"저요?"

사유리는 "양동?" 하고 중얼거렸다.

이 24시간에 걸쳐 이어진— 아니, 처음부터 헤아려서 23일부터 이틀 동안 계속되고 있는 대대적인 '미카도노오니'와 구렌 일행의 무의미한 술래잡기에 억지로 의미를 부여하자면, 그것은 누군가의 시선을 그쪽에 묶어 두고 무언가를 얼버무리기 위한 양동이라 할 수 있으리라. 하지만 그것은 누구에 대한 양동일까.

"사유리."

"네."

"어째서 양동이라고 생각했지?"

물을 필요는 없었다. 생각해 보면 알 수 있으니. 하지만 사유리는 설명해 주었다. 그동안에도 구렌은 계속 생각했다.

사유리는 말했다.

"…아뇨, 단순히 죽일 수 있는 상대를 죽이지 않고, 쫓는 척을 할 이유를 생각해 보니, 가장 먼저 떠오른 게 양동이었어요."

하지만 누구의 시선을 끌기 위한 양동일까?

'미카도노오니'는 마히루의 위치를 알 방법이 얼마든지 있었다. 긴자로 가 보면 그만이다. 아니면 구렌을 붙잡으면 그만이다. 하지만 그러지 않았다. 어째서일까.

구렌은 눈을 가늘게 뜬 채 말했다.

"…'미카도노오니'는, 마히루의 위치를 이미 아는 건가?"

하지만 모르는 척을 하고 있다.

마히루의 곁으로 가려 하는 구렌을, 필사적으로 쫓는 척을 하고 있다.

하지만 그것은 누구에게 보이기 위한 일일까.

당연히 적이다.

다시 말해 '미카도노오니'에게는, 적이 있다.

'미카도노오니'만큼 강대한 조직이라도 속여 넘겨야만 할 정도의 적이.

그 적이 누군지는 모른다.

평범하게 생각해 보면 '미카도노오니'에 대항할 수 있는 조직은, 일본에서는 '햐쿠야 교'나 그 '햐쿠야 교'를 파괴한 흡혈귀 정도밖에 없을 듯했다.

하지만 만약 그 추측이 맞다면, 마히루는 아직도 '미카도노오니' 소속이라는 뜻이 된다. 적으로부터 '미카도노오니'를 지키기 위해 활약하는 이중스파이.

"……."

그녀와의 통화에서 들었던 떨리는 목소리를 떠올려 보았다. 이제는 만나지 못하리라는 것을 아는 듯한 목소리였다.

그것도 연기였을까.

아니면 정말이었을까.

울음을 터뜨릴 것만 같았던 그녀의 목소리는.

떨리는 목소리는.

"……."

그녀는 천재이고 너무도 걸음이 빠른 나머지 '미카도노오니'에서 뛰쳐나가 버렸다고 생각했지만—

"…결국 마히루도 주역이 아니야. 여전히 '미카도노오니'에 묶여 있어."

일동이 그 말을 듣고 입을 다물고 말았다.

결국 주역은 아무도 없었다.

숨이 턱턱 막힐 정도의 현실만이 있었다.

욕망과 다툼과 그 결과만이 있었다.

구렌은 다시 한번 길 건너편을 보았다. '미카도노오니'의 병사들이 있는 방향을.

"…그러면 갑자기 공격해 오지 않게 된 이유는 뭐지? 양동이 끝나서? 우리 역할은 끝이라 이건가? 세계의 파멸인지 뭔지는 이제 끝난 건가?"

그러자 신야도 앞을 쳐다보며 피곤한 투로 말했다.

"…이거, 만약 정말로 모르는 새에 끝난 거라면, 소고기덮밥이라도 먹고 마음 편히 돌아갈 수 있을까?"

그러자 고시가 웃으며 말을 받았다.

"어, 크리스마스에 소고기덮밥이요? 좀 더 세련된 걸로 먹죠."

미토도 웃었다.

"저는 케이크만 있으면 되는데요."

이어서 시구레, 사유리가,

"아, 저도."

"저도요."

그런 소리를 했다.

하지만 구렌은 웃지 않았다. 그저 앞을 바라본 채 말했다.

“케이크는 나중에. 살아남으면 먹자. 그렇지 않고 죽게 되면 다 같이 죽고.”

그러자 신야가 미소 지은 채 말했다.

“글쎄 발언이 하나하나 닭살이라니까.”

자신도 그렇게 생각했지만 별수 없다. 그게 사실이니.

구렌은 옆에 나란히 선 신야를 보며 말했다.

“너도 마찬가지거든?”

“젠장~ 그래서, 어떻게 움직일까?”

살아남기 위해서는 어떻게 움직여야 할까?

신야의 물음에 구렌은 답했다.

“앞으로 나가되 더는 싸우지 말자. 적 집단 안에 들어가면 바로 항복—”

하지만 말이 채 끝나기 전에 드디어 적이 움직였다.

슈욱, 하고 무언가가 튕겨져 나오는 소리가 멀리서 몇 중에 걸쳐 들려왔다.

아마도 화살이 발사된 소리일 것이다.

신주쿠의 커다란 교차점.

고개를 들어 보니 하늘이 일제히 발사된 무수한 ‘귀주’ 화살로 뒤덮여 있었다. 꼭 화살로 된 거대한 벽이 떨어지는 것만 같았다.

그것을 멍하니 올려다보며 고시가,

"야야, 저런 걸 무슨 수로 피하냐고, 구렌. 우리 역할은 끝나서 더는 공격 안 당하는 거 아니었어?!"

"가설이야."

"가설이라니!"

"자아, 피하지 말고 돌진한다! 다시 한번 말하겠어. 오늘, 우리는 반드시 살아남는 거다! 그렇지 않고—"

그러자 동료들은 웃으며 일제히 대답해 주었다. 신야가 싫어하는, 닭살 돋는 구호를.

""""""""죽게 되면 다 같이 죽고!""""""""

바보다. 이런 구호나 외치는 녀석들은 분명 죽을 것이다. 하지만 그에 후회는 없었다.

적어도 신뢰했던 동료들과 함께 죽을 수 있으니.

구렌 일행은 적들을 향해 달려 나갔다.

쏟아지는 화살로 된 벽보다 빨리, 적의 무리를 향해 돌진했다.

항복은 어려울 것 같았다.

그 결정권을 가진 녀석에게 전달해야만 적들의 공격이 멈출 것이다.

적병들이 외쳤다.

"배신자놈드ㅇㅇㅇㅇㅇㅇㅇㅇ을!"

"얌전히 죽어!"

그들의 공격을 피하며 구렌은 찾았다. 이 병사들의 통솔자를.

하지만 찾을 필요도 없었다.

병사들을 헤치며 바라본 안쪽에, 이곳의 모든 것을 지휘하고 있는 듯한 남자가 서 있었기 때문이다.

그 남자는 번개를 내뿜는 칼을 지니고 있었다.

'흑귀'다.

현재 인간이 다룰 수 있는 오니 중 최상위 오니.

구렌이 지닌 '노야'와 동등한 단계인 '라이메이키'라는 이름의 오니를, 그 남자는 들고 있었다.

"…쿠레토."

구렌은 나직한 목소리로 중얼거렸다.

들릴 리가 없건만 그 순간, 쿠레토가 고개를 들었다. 감정을 엿볼 수가 없는 차가운 눈으로 이쪽을 쳐다보았다. 칼집에서 조금 뽑은 것뿐이건만 칼이 주변에 번개를 흩뿌렸다.

그런 쿠레토의 모습을 발견한 순간, 이 마당에 마음속 오니가 시답잖은 욕망을 입에 담았다.

〈나는 저걸 죽일 수 있을까. 나는 저 녀석을 죽일 수 있을까. 넌 정말 그것에만 관심이 있구나.〉

무시했다.

〈상대보다 강한가? 나는 상대보다 강한가? 결국 인간이 증명하고 싶은 건 그것뿐이야.〉

무시했다.

〈자아, 죽여, 구렌. 힘을 휘둘러. 저쪽 흑귀보다 우리가 더 강해. 그걸 둘이서 증명해 주자.〉

"시끄러워. 나는 항복—"

〈긴장 풀지 마. 뒤처지지 마, 구렌. 저쪽 오니도 쿠레토를 부추기고 있어. 누가 더 강할까. 누가, 더 강한 수컷일까, 하고.〉

그때 쿠레토가 고함을 쳤다.
"이치노세 구렌!"
칼을 뽑았다. 번개가 흘러넘침과 동시에 쿠레토의 몸이 가속했다.
빠르다.
이상할 정도로 빠르다.

주변에 있는 다른 병사들이 꼭 멈춰 있는 것처럼 보일 정도로 쿠레토의 움직임은 빨랐다.

“빌어먹을! 노야!”

구렌은 단숨에 저주를 온몸에 퍼뜨렸다.

폭주직전까지.

한계직전까지.

쿠르르르르르르르르르르르르르르르.

〈하핫.〉

오니가 웃었다. 환희의 목소리다. 죽여. 죽여. 죽여죽여죽여죽여죽여모조리다죽여!

구렌은 칼을 치켜들었다. 자신의 움직임도 이미 인간의 그것을 까마득히 초월한 상태다.

채앵. 쿠레토의 칼, 그리고 번개와 맞부딪혔다.

그 힘을 노야가 중화하고 억눌렀다.

“핫.”

쿠레토는 칼을 반대로 휘둘렀다.

그에 반응해 구렌도 칼을 움직였다.

칼이 격렬하게 맞부딪혔다.

두 번, 세 번, 네 번, 다섯 번. 열 번, 스무 번. 아마 이곳에 있는 자들 중 두 사람이 얼마나 많이 칼을 섞었는지 본 자는 없을 것이다.

두 사람은 격렬하게 맞붙어 싸웠다.

움직임은 쿠레토 쪽이 근소하게 빨랐다. 쿠레토의 무기는 그런 능력을 지녔다. 번개가 그의 근육을 찢을 듯 자극하여 한계 이상으로 가속시킨다.

하지만 검술 실력은 구렌이 한 수 위였다. 보다 적은 동작으로. 효율적인 동작으로. 때로는 빠르게, 때로는 느리게, 쿠레토의 칼을 쳐냈다.

"크, 으, 오오오오오오오오오."

쿠레토가 기합을 내질렀다. 조금씩, 조금씩, 그 속도가 올랐다. 쿠레토에게는 아직 여력이 있었다. 눈에서 저주가 흘러넘쳐 검게 물들어 갔다. 욕망이 흘러나왔다.

그에 맞서 구렌도 집중력을 높여 '귀주'를 폭주시켰다.

오니가 마음속에서 말했다.

아니, 이건, 자신의 마음의 소리일까.

이치노세와 히이라기, 어느 쪽이 더 강할까?

이치노세와 히이라기, 어느 쪽이 더 강할까?

자아, 결판을 내자. 결판을 내 보자. 확실하게 결판을 내 보자! 계속 그것만을 추구해 오지 않았던가. 그리고 지금이다. 지금 증명할 수 있다.

가르쳐 주마. 누가 더 우수한지를. 보다 빠르게, 보다 깔끔하게, 보다 효율적으로 칼을 놀려 이 자식을죽여라죽여라죽여.

쿠레토의 목을, 목숨을—

"아냐! 멈춰, 노아! 쿠레토! 나는 항복하러—"

"시끄러워닥쳐라아아아아아아아아아아아아아아!"

쿠레토의 칼이 구렌의 왼쪽 가슴에 박혔다.

"크학."

그대로 심장이 있는 쪽으로 칼을 밀어붙이려 했다.

구렌은 순간적으로 쿠레토의 칼을 왼손으로 붙잡아 막았다.

하지만 쿠레토는 멈추지 않았다. 힘을 써서 구렌의 몸을 파괴하려 했다. 주변에 있는 병사들을 마구 쓰러뜨리며, 구렌의 몸을 들어 올린 채 앞으로 나아간다.

멀리서 동료들의 목소리가 들렸다.

"구렌!"

"구렌 님!"

하지만 그에 답할 여유는 없었다. 이 녀석을 막아야 한다. 심장을 노리는 쿠레토의 칼을, 어떻게든 몸에서 뽑아내야 한다.

그때, 구렌의 몸을 들어 올린 채 달리던 쿠레토가 작은 목소리로 말했다.

"…감시당하고 있다. 전부 다 적이다. 똑바로 싸워라."

구렌의 눈이 휘둥그레졌다.

쿠레토가 말을 이었다.

"용건만 말하마. 마히루는 근처에 있다. 신주쿠 지하연구소에 있다. 네가 가라."

"무슨 소릴."

"말하지 마라. 오늘, 나는 멸망을 막지 못한다. 하지만 아직도 의욕이 남았다면 네가 해 봐라."

"그게 대체…."

"나는 미래에 대비할 거다. 오늘은 네게 맡기마, 구렌."

"쿠레…."

"그러니 여기서 죽어라, 구렌!"

쿠레토가 고함을 쳤다. 연기가 재개되었다. 칼이 가슴에서 뽑혔다. 그대로 칼을 내려치려 들었다. 인정사정 봐주지 않겠다는 동작이었다.

아니, 봐줬다가는 처벌당할 것이다. 감시당하고 있으니.

구렌도 그에 응했다. 연기가 아니라 온 힘을 다했다.

"너나 죽어!"

칼을 치켜들었다.

한 번, 두 번, 검극(劍戟)이 교착상태에 빠진 참에 쿠레토의 후방에서 신야가 총을 겨눈 것이 눈에 들어왔다.

그는 쿠레토를 향해 총을 쐈다.

그것을 구렌은 눈짓만으로 쿠레토에게 전달했다.

뒤쪽에서 신야가 공격했다는 사실을.

쿠레토의 눈이 구렌의 눈짓을 알아챘다. 그러자 쿠레토는 칼을 치켜든 채 한 걸음 옆으로 비켜서서 구렌을 향해 검을 내리치려는 포즈를 취했다.

그냥 총탄을 피하는 것이 아니라 공격을 하다 우연히 그렇게 움직였다는 식으로 보이도록.

그리고 그로써 알 수 있었다. 그를 상대로 어떤 감시가 이루어지고 있는지를. 쿠레토가 그토록 치밀하게 외부의 시선에 주의를 기울여야 할 정도로, 감시자는 철통같이 쿠레토를 감시하고 있다.

피한 탓에 쿠레토의 왼쪽 어깨에 총탄이 맞았다. 쿠레토의 팔이 어깨째 날아갔다.

"크윽."

신음소리가 흘러나왔다. 쿠레토는 그럼에도 이쪽을 쳐다보며 공격하려 했다. 하지만 그런 쿠레토의 남은 팔을, 구렌이 노야로 베어버렸다.

"크악."

그렇게 하지 않으면 감시자를 속일 수 없다. 그대로 쿠레토의 목을 붙잡아 방패막이로 삼듯 내세운 채,

"신야, 애들아! 철수한다!"

외쳤다.

피아를 가리지 않고 모두가 이쪽을 쳐다보았다.

쿠레토가 고함을 쳤다.

"나는 상관 말고, 이 녀석들을 공격해라!"

하지만 그 명령을 따르는 자는 없었다.

히이라기를 공격할 수 있는 자는 없다.

히이라기는 절대적이기에.

이 세계의 규칙을 만들었다 해도 과언이 아닐 정도의, 절대적인 권력을 지니고 있기에.

그리고 쿠레토도, 그 아래서 발버둥치고 있는 듯했다.

마히루처럼.

신야처럼.

자신처럼.

뛰쳐나가지도 못하고 꼴사납게 발버둥치고 있다.

하지만 그것은 아직 희망이 남아 있음을 뜻했다.

오늘, 지금, 이 시간까지 자신들이 살아남을 수 있었던 것은 쿠레토가 그렇게 되게끔 조절해 준 덕일 가능성이 있기 때문이다.

좀 전에는 지금까지 자신들을 살려 둔 이유는 양동작전 때문일 것이라 생각했다. '미카도노오니'가 적에게 마히루가 있는 장소를 알아내기 어렵게 하기 위한 양동작전.

아니, 아마도 그 양동작전은 실제로 존재했을 것이다.

하지만 그 도중에 쿠레토는 '히이라기'의 계획을 알아채고 세계의 파멸을 막고 싶다는 생각을 품었다.

그것은 반역이다.

작은 반역.

그러나 현재, 그는 직접 그것을 막을 수 없다. 쿠레토는, 불가능한 일은 하지 않는 남자다. '히이라기'로부터 엄중한 감시까지 받고 있다. 섣불리 움직일 수가 없다.

그럼에도 그것을 간신히 얼버무리며 구렌 일행이 죽지 않게끔 공격한 것이— 그들이 20시간 이상을 살아남은 이유였다.

게다가 마히루가 있는 장소로 유도까지 해 주었다.

이케부쿠로가 아니었던 것이다.

마히루가 있는 곳은 신주쿠다.

마히루는 구렌까지도 속였다. 그녀가 보낸 메시지도 구렌을 향한 것이 아니라 도청하는 데 성공한 '히이라기'의 적을 향한 것이었다.

그래서 그녀는 운 것이다. 마지막이었기에. 두 사람은 만나지 못할 것이기에.

하지만 아직 게임은 끝나지 않았다. 분명 시간이 아슬아슬하기는 했지만, 게임은 끝나지 않았다. 쿠레토가 어떻게 마히루의 위치를 알아챈 것인지는 알 수 없지만, 마지막 순간에 그는 릴레이 배턴을 건네주었다.

질질 끌려가며 쿠레토가 작은 목소리로 말했다. "가라. 착실한 거북이떼는 토끼를 따라잡을 수 있을 거다."

구렌은 쿠레토를 내려다보다가 땅바닥에 팽개쳤다.

그와 동시에 동료들이 합류했다.

신야가 말했다.

"어떻게 됐어?"

"도망치자."

고시 일행도 따라왔다. 고시는 환술을 뒤로 전개하고 있었다. 어떤 환술인지는 모르겠지만 적병이 쿠레토를 보호하듯 몰려든 것으로 미루어, 그렇게 해야만 한다고 생각게 할 만한 환각을 자아내고 있음을 알 수 있었다.

우수하다. 모두가 천재는 아니지만 우수했다. 서로를 신뢰해서, 아무 설명도 하지 않았음에도 그 순간 가장 필요한 움직임을 취해 주었다.

그러한 움직임을 쌓아올려, 지금 토끼를 따라잡으려 하고 있다.

지금까지 꼴사납게 살아남은 의미가 있었다. 동포를 죽이고 자신의 행동을 후회하면서도 필사적으로, 꼴사납게 살아남은 의미가 있었다.

배턴이 이어졌다.

미토가 말했다.

"적이 안 따라와요!"

고시가 말했다.

"하지만 잠시뿐이야! 내가 떨어지면 환각은 사라져."

사유리가 말했다.

"본대에게 따라잡히면 이케부쿠로에 도착하기는—"

그런 사유리의 입을 시구레가 막았다. 그녀는 알아챈 것이다. 구렌이 이케부쿠로로 향하지 않고 있다는 사실을.

이곳이 목적지다.

신주쿠가.

만약 여기서 세계의 종말을 막지 못하면, 이곳이 무덤이 될 것이다.

전방에도 포위망이 깔려 있었지만 그곳에 배치된 병사의 수는 적었다. 게다가 쿠레토는 그곳에 없었다. '흑귀' 보유자도 없다. 지금의 자신들이라면 돌파할 수 있을 것이다.

마지막 싸움이다.

꼴사나운 거북이들의 마지막 싸움.

"돌파한다!"

구렌은 외치며 칼을 치켜들었다.

◆ ◆ ◆

12월 25일

크리스마스
20시 10분.

장소는 신주쿠 중앙 공원 지하에 펼쳐진 거대 연구소.
일찍이 '햐쿠야 교'의 연구소가 있었던 곳이다. 하지만 흡혈귀들의 습격을 받아 지금은 아무도 없었다. 그곳에 있었던 인간들은 흡혈귀에게 몰살당했다는 보고를 받았다.
하지만 그 아무도 없을 터인 연구소 전체에, 오늘은 불이 켜져 있었다.
밝고 소름이 끼치도록 조용한 연구소 복도를, 구렌 일행은 달렸다.
귀에 들리는 것은 자신들의 발소리와 웅, 웅, 웅, 웅, 하는 모터 같은 것의 구동음뿐.
웅, 웅, 웅, 웅.
잠금장치가 걸린 두꺼운 봉쇄문이 몇 개 있었지만 모조리 칼로 베어 열었다.
그 문은 흡혈귀나 오니의 습격을 상정해 만들어진 것이 아닌 듯했다.
그래서 이 연구소는 간단히 파괴된 것이다.
"……."
하지만 생각했다.

'햐쿠야 교'는 흡혈귀들에게 습격당할 가능성이 있는 연구를 하고 있다는 사실을 몰랐던 걸까?

또한 '귀주'를 사용하는 인간이 나타나리라는 것을 몰랐을까?

알았다면 그들을 막을 수 있을 만한 방어 시스템을 만들지 않았을까? 적어도 이토록 쉽게 파괴되는 사태는 막을 수 있지 않았을까?

잠금장치를 파괴하고 문을 베어 열며 구렌은 생각했다.

아마도 일전의 '햐쿠야 교' 괴멸 사건도 무언가에 대한 양동작전일 것이다. 아니면 계획된 일이거나.

'히이라기'의 의도.

'햐쿠야 교'의 의도.

흡혈귀들의 의도.

그리고 그보다 위에 있는, 무언가의 존재가 어른거리기 시작했다.

그 마히루가 절망할 정도의 운명을 만드는 누군가가 그 위에 있다.

물론 오늘은 어차피 그것을 밝혀내지 못할 것이다.

아니, 자신은 아무것도 밝혀내지 못할 것이다.

하지만 그런 건 아무래도 좋다.

딱히 세계의 수수께끼를 해명하기 위해 태어난 것은 아니니.

그저, 다만 오늘을, 동료들과 함께, 포기하지 않고 온 힘을 다

해 살 수 있다면 그로 족했다.

"오른쪽 문 앞에 계단. 다음 층이 최하층입니다!"

뒤에서 시구레가 말했다.

구렌은 칼을 휘둘렀다. 문이 찢겨나갔다. 다 함께 그리로 달려갔다.

계단을 내려간다.

가장 아래층은 의식층일 터였다.

긴 복도 끝에 커다란 의식장만이 있는 층.

내려가 보니 예상대로 사전에 지도로 확인해 두었던 것과 같은 구조로 되어 있었다.

길고도 곧게 뻗은 복도.

그리고 그 안쪽에 보이는, 닫힌 문.

마히루는 그곳에서 모종의 의식을 행하고 있다.

세계를 멸망시킬 의식을.

"……."

구렌은 걸음을 멈췄다.

동료들도 뒤에서 멈췄다. 움직임을 멈추자 저마다 어깻숨을 쉬고 있다는 것을 알 수 있었다.

"허억, 허억, 허억, 허억."

숨을 들이쉬고 내뱉는 소리가 났다.

하지만 다 같이 살아서 이곳에 도달할 수 있었다.

충분히 기적이라 할 만한 일이 일어났다.

그런데도 좀 더 발버둥을 칠 필요가 있었다.

신야가 숨을 고르며 옆에 나란히 서서 말했다.

"…참고로 최종 확인차 무진장 의미 없는 소리 좀 해도 돼?"

"뭔데."

"우리, 뭐 하러 여기 왔더라?"

"……."

엄청 어려운 질문이었다. 무엇을 하러 이곳에 왔는가. 이곳에서 무엇을 해야 하는가. 마히루를 막을 것인가, 구할 것인가.

애초에 자신들보다 훨씬 강한 마히루를 어떻게든 해 보려는 것 자체가 잘못된 판단인 것 같았지만.

구렌은 대답했다.

"세계를 구하러 왔잖아?"

"우와, 그 말 무섭다. 무진장 멍청한 소리 같지 않아?"

일동이 웃었고 구렌도 쓴웃음을 지었다.

그러고서 입을 다물었다.

숨을 골랐다.

어찌 되었든 무언가를 믿고 부딪혀 보는 수밖에 없다. 저 문 너머에서 무슨 일이 이루어지고 있는지는 알 수 없지만.

"…우리가, 파멸을 막자."

구렌은 그렇게 말하고는 한 걸음 앞으로 나섰다.

칼자루를 콱 고쳐 쥐며.

동료들에게 명령했다.

"'천화진'."

구렌이 속한 '미카도노츠키'에서 쓰이는 명칭으로 말하자면 '월귀조'.

전위　　전위

후위　　후위

후위

이와 같이 배치하는 5인 1조의 진형.

강한 두 사람을 전위에 배치.

후위가 그를 엄호한다.

그것은 죽지 않기 위한 진형이다.

동료를 한 사람이라도 남기기 위한, 수비형 진형이다. 이 국면에서도 동료를 소중히 여기며 나아가기로 결심했기에 선택한 진형이었다.

신야도 한 걸음 앞으로 나섰다.

"아마 구렌을 제외하면 근접능력도 '흑귀'를 지닌 내가 더 강할 거야. 그러니 내가 전위로 나서고 후위에 넷을 배치하자."

옆에 서서 이쪽을 보며 그렇게 말했다.

"그런고로 잘 부탁해, 구렌. 마지막 싸움이야."
구렌은 답했다.
"마지막으로 만들지 않기 위한 싸움이야."
"하는 말마다 멋지네에."
"날 때부터 이랬거든."
"촌스러운 것만 빼면 더 멋지겠는데."
탁, 하고 신야의 어깨를 때렸다.
"하하하."
신야는 웃었다.
구렌도 웃었다.
그런 바보 같은 이야기를 하는 동안, 후위 배치가 결정된 모양이었다.

신야 구렌
시구레 사유리
미토
고시

이 진형으로 마지막 싸움을 살아서 이겨내야 한다.
구렌은 노야를 쥔 채 상단 자세를 취했다.
그러자 신야가 옆에서 뱌코마루를 쥔 채 자세를 낮췄다.

되도록 둘이서 서로의 빈틈을 메워야 한다. 전위 둘은 방어에 전념하고 공격은 후위에 맡긴다.

"준비들 됐어?"

구렌이 묻자 신야가 고개를 끄덕였다.

"그래."

사유리가 말했다.

"네."

미토가 말했다.

"세계를 구하죠."

시구레가 말했다.

"됐습니다."

제일 뒤에서 고시가 말했다.

"아아, 진짜. 무슨 크리스마스가 이 모양이야. 열일곱 번째 크리스마스는 귀여운 여자애랑 단 둘이 보냈음 좋겠네."

하지만 이번 크리스마스는 유감스럽게도 열여섯 번째다.

열여섯 살에 맞는, 크리스마스.

한 사람 한 사람의 목소리를 듣고 후위에 있는 동료들의 위치를 파악했다.

자신을 따라와 준, 동료들의 고동이 느껴졌다.

이 동료들과 오늘, 세계를 구할 것이다.

"좋아, 가자."

구렌은 달려 나갔다.

복도 끝. 문은 열리지 않았다.

복도를 절반 정도 통과했다.

복도 끝. 아직도 문은 열리지 않았다.

복도를 7할 정도 통과했다,

복도 끝. 아직도 문은 열리지 않았다.

문에 도달했다. 문을 베고 여는 순간, 건너편에서 공격해 오면 이쪽에 빈틈이 생기겠지만—

"벤다."

구렌이 말하자 시구레가 대각선 뒤에서 말했다.

"제가 보조하겠습니다!"

신야가 조용히 옆에서 저주를 증폭시키는 것이 느껴졌다. 구렌이 문을 베는 순간 발생할지 모를 빈틈을 메울 셈이다.

구렌은 문을 베었다. 시구레가 그 문에 쿠나이를 던져 실내 쪽으로 날려 버렸다.

문은 열렸다.

의식장이 눈에 들어왔다.

예상했던 것보다 넓었다. 체육관이 두 개 정도 들어갈 법한 공간이다.

그 안으로 들어갔다.

높은 천장.

하얀 벽.

하얀 바닥.

그 의식장 중앙에 일곱 개의— 관 같은 형태를 띤 상자가 놓여 있었다.

그리고 그 관 너머에 누군가가 있었다.

의식장은 넓어서 누구인지는 또렷이 보이지 않았지만—

"……."

구렌은 눈에 저주를 집중시켰다. 동공에 저주를 퍼뜨려 시력을 향상시켰다.

그러자 관 너머에 있는 것이 누구인지 보였다.

관 너머에 있는 여자.

교복을 입은 무척 아름다운 소녀.

잿빛을 띤 긴 머리카락.

붉은 눈동자.

날카로운 이.

마히루다.

히이라기 마히루가 낯선 누군가의 목을 물고, 그 피를 빨고 있었다.

자세히 보니 그녀의 발치에는 몇 구나 되는 시체가 있었다. 목이며 팔이 찢겨나간 시체가.

그녀의 주변만 하얀 바닥이 새빨갛게 물들어 있었다.

시체의 수는 스무 구 정도.

'미카도노오니'의 전투복을 입은 자가 있는가 하면 하얀 가운 같은 것을 입은 자도 있었지만, 어쨌든 지금은 모두 죽어 있었다.

구렌은 말했다.

"보이냐?"

신야가 답했다.

"응."

"관의 우측, 뒤에서 친다."

그런다고 그녀의 빈틈을 찌를 수 있을 것 같지는 않았지만. 어쨌든 구렌 일행은 달렸다.

마히루가 피를 빨던 남자를 바닥에 털퍽, 떨구었다. 남자는 죽은 듯 꼼짝도 하지 않았다.

그리고 천천히, 느긋하게 그녀는 이쪽으로 고개를 돌렸다. 빙긋, 황홀한 미소를 지었다. 피투성이가 된 입 주변을 하얀 블라우스 소매로 닦았다.

하지만 그래도 입술이 빨갰다. 새빨갰다. 구렌의 시선이, 그 입술로 빨려들었다. 요염한, 정욕을 자극하는 듯한 붉은 입술. 그 입술이 살며시 움직여 뭐라 말했다.

목소리는 들리지 않았다. 하지만 뭐라 말했는지는 알 수 있었다.

"아아, 구렌. 나의 구렌. 와 줬구나."

구렌은 칼을 치켜들며,

"그래, 왔다, 마히루! 너를 구하는 방법을 말해!"

고함을 쳤다.

마히루는 자리에서 일어나며 답했다. 그때는 충분히 거리가 좁혀져서 그녀의 목소리가 들렸다.

"너는 날 못 구해."

"구할 거야!"

"못 구해. 하지만 와 줘서…."

"구하겠다고 했지!"

그리고 마히루가 있는 곳에 도착해, 칼을 내리쳤다. 그녀는 한 걸음만 물러나 그것을 피했다. 머리카락 한 가닥만큼의 틈새만 벌어질 정도로 아슬아슬하게 거리를 벌려서.

신야가 그 옆에서 총검을 쳐올렸다.

마히루는 그것도 피했다.

미토와 사유리가 주부를 날렸지만 마히루는 그것을 피하지 않았다.

""기폭!""

두 사람은 외쳤다. 마히루의 어깨와 왼쪽 허벅지에서 주부가 폭발했지만 마히루는 그저 웃을 따름이었다.

그러는 동안 시구레가 가느다란 실이 달린 쿠나이를 바닥에 던졌다. 함정이 셀 수 없을 정도로 깔렸다.

그 함정을 보지 못하도록 고시가 환술을 전개했다. 그 함정과 환술이 전개되는 데는 0.2초 정도의 시간이 필요했고, 그 시간을 벌기 위해 구렌은 다시 한번 칼을 휘두르려 했다.

하지만 마히루는 그 순간 텅, 하고 발을 굴렀다. 그대로 허벅지를 뒤로 죽 물렀다.

"아."

그런 목소리가 뒤에서 들렸다. 함정을 깔던 시구레가 쥔 실이 당겨져, 엄청난 힘에 의해 전방으로 넘어지는 듯한 자세로 끌려나오고 말았다.

그리고 갑자기 구렌의 눈앞에 시구레가 나타났다. 그런 시구레의 머리카락을 마히루가 붙잡아서 들어올렸다. 구렌이 내려치고 있는 칼을 향해, 시구레의 목을 들이밀었다.

하지만 구렌의 칼은 이제 와서 멈출 수가—

"큭."

"멈춰!"

신야가 외쳤다. 총검의 끄트머리로 아래에서 구렌의 칼을 후려쳐 주었다. 그 덕에 간신히 멈췄다.

"아하하."

마히루가 이쪽을 보며 웃었다. 천천히 이쪽을 쳐다보며.

구렌도, 신야도 움직일 수가 없었다.

전위 두 사람이 완전히 정지했다.

마음만 먹으면 죽일 수 있었을 것이다. 그녀라면 방금 전, 한 순간에 구렌과 신야, 두 사람의 목을 동시에 칠 수 있었을 것이다.

하지만 천천히, 시구레를 쳐들어, 집어던졌다.

시구레의 몸이 구렌과 신야에게 부딪혔다.

"컥."

"큭."

무시무시한 충격이었다. 뼈가 몇 대 부러지고 내장까지 손상된 것이 느껴졌다.

뒤에서 미토, 사유리, 고시에게도 부딪혀 다 같이 후방으로 날아갔다.

아마도 지금의 충격으로 모두 다 대미지를 입었을 것이다. 회복할 시간이 필요했다.

쉬익~ 쉬익~ 쉬익~ 공기가 새는 듯한 소리가 옆에서 났다. 시구레의 입에서 피가 흘러나왔다. 아마도 갈비뼈가 폐에 박힌 것이리라.

"젠장."

구렌은 허둥지둥 그녀의 가슴에 손을 집어넣었다. 뼈를 뽑아서 구멍을 막지 않으면 '귀주'의 힘으로도 치유할 수 없다.

그런 그에게 마히루가 차가운 목소리로 말했다.

"어쩜, 내 앞에서 다른 여자의 가슴 속을 주무르는 건 너무하지 않아?"

뼈를 뽑았다. 시구레의 가슴 속에서 슈욱, 하는 소리가 들렸다. 폐에 뚫린 구멍이 막히더니 부풀어 오르기 시작했다. '귀주'에 의한 치유가 시작되었다.

"시구레 양!"

미토가 시구레를 끌고 뒤로 물러났다.

마히루가 말을 이었다.

"게다가 어째서 '천화진'이야? 누군가를 지키면서 겸사겸사 나를 구하겠다고?"

구렌은 고개를 들고서 말했다.

"너도, 동료들도 구할 거야."

"하하."

"웃지 마. 약속한 대로 구하러 왔잖아."

"하하하하."

마히루는 그저 즐거운 듯이, 슬픈 듯이 웃었다.

그녀는 강했다. 예상했던 것보다 훨씬 강했다. 이전에 쓰러뜨렸던 흡혈귀와 비교해도 차원이 다르게 강했다.

그녀는 이미 흡혈귀조차 초월했다.

어떻게 이토록 강해질 수 있었던 것일까. 그리고 이 정도의 힘을 지닌 그녀를 복종시키는 '히이라기'는 대체 무엇일까.

옆에서 신야도 일어나며 말했다.

“젠장, 이 정도일 줄이야…. 큰일이네.”

구렌은 말을 이었다.

“게다가 부른 건 너였어. 쿠레토가 전해 준 말 덕에 나는 이곳에 올 수 있었지. 하지만 그건 네가 내게 보낸 메시지였지? 너는 완전히 혼자서 모든 일을 해치울 수 있어. 하지만 자신의 위치를 쿠레토가 알 수 있게 했지. 너는 내가—”

마히루가 말을 가로챘다.

“있지, 구렌. 그렇게 초조하게 시간을 벌지 않아도 동료가 회복할 만큼의 시간은 기다려 줄게.”

“…….”

“하지만 회복된다 해도 의미가 있을까? 약한 동료와 손에 손을 잡은 채로, 토끼를 따라잡을 수 있겠어?”

“…동료가 없었다면, 이곳에는 오지도 못했어.”

“그래. 하지만 도착한 지금은 장해물일 뿐이야. 죽여.”

“안 돼.”

“죽이지 않으면 나는 못 구해. 나야, 동료야. 슬슬 결정해.”

“안 돼.”

“전부 다 가지지는 못해. 그래서는 토끼를 못 따라잡아. 왜냐하면 토끼도 울면서 달리고 있으니까. 거북이도 하다못해 뭔가를 버려 줘. 구렌. 부탁이야. 각오를 보여 줘.”

하지만 그럴 수는 없다. 버리지 않기로 결심했기에.

그래서 구렌은 말했다.

"안 된다고, 마히루. 그래서는 삶의 의미가 없어져."

그러자 마히루는 붉은 눈으로 이쪽을 바라보며 물었다.

"뭐야, 그게? 삶의 의미가 뭔데? 구렌. 삶의 의미가 대체 뭔데?"

그때 등 뒤에서 목소리가 들렸다. 고시의 목소리다.

"…구렌. 다들 회복했어. 한 번 더 싸울 수 있어."

구렌은 그 말에 답하지 않았다. 가만히 마히루의 물음에 대한 답을 생각했다.

—삶의 의미란 무엇인가?

옆에서 신야가 말했다.

"하지만 '천화진'으로는 못 이겨. '섬공진(閃攻陣)'으로 하자."

그것은 화력이 강한 한 사람을 남기고 모두가 몸을 던져 적을 공격하는 진형이었다.

목숨을 내놓을 각오로 전원이 미끼가 되어 적의 빈틈을 만들어내고 나머지 한 사람에게 모든 것을 맡기는 진형이다. 확실히 이길 방법은 그것밖에 없었다. 희생자를 내지 않고 지금의 마히루를 제압하는 것은 무리였다.

마히루는 말했다.

"그게 올바른 선택이야. 신야는 언제나 올바른 길을 선택해. 그럼 그걸로 한 번 더 붙어볼까?"

하지만 그 말을 들은 신야는 히죽히죽 웃으며, 뚱한 눈으로 마히루를 쳐다보았다. 옛 약혼자를, 온화하고도 차가운 눈으로 바라보며 입을 열었다.

"이 제안이 옳다는 건 나도 알지만, 구렌은 바보라서 전혀 그걸 채용해 주지 않거든."

"……."

"그래서 우리는 당황하지. 명백하게 옳지 않은 길로 가려 하는, 바보 멍청이 같은 구렌의 선택에 당황하고 허둥대지만, 마음이 끌려서 내치지 못하지."

"……."

"네가 구렌을 좋아하는 이유는 그가 옳지 않아서잖아? 울면서 달리는 토끼 좋아하네. 옳은 길을 달리는 건 편하잖아. 왜냐하면 그건 '옳은 길'이니까."

"……."

"인정해, 마히루. 넌 운 적 따위 없어. 옳은 길을 달리고 있을 뿐이지. 그래서 구렌에게 끌리는 거야. 옳지 않은데도 꼴사납게 살아가는 구렌에게."

"……."

"선택을 안 한 건 너야. 네가 선택을 안 한 거라고, 마히루. 둘 다 취하려 들지 마. 옳은 길을 달릴지, 구렌을 택할지. 네가 먼저 똑바로 선택하라고."

마히루가 말을 받았다.

"…그래서, 잘난 척 말하는 너는 선택했고? 신야."

그러자 신야는 태연하게 대답했다.

"그래. 구렌을 택했어. 바보 같지? 날 비웃어. 폭소해도 돼."

"……."

"하지만, 넌 그게 부럽겠지. 아니야?"

"…맞아."

"아직 안 늦었어. 아직 크리스마스는 안 끝났어. 옳은 길을 벗어나서, 너도 나약함을 받아들—"

하지만 그때, 마히루가 움직였다.

"그만 닥쳐, 신야."

속삭이듯 작은 목소리였다. 그럼에도 그것이 바로 옆에서 들렸다.

신야의 앞에 마히루가 있었다. 그녀의 팔이 신야의 가슴 한복판을 꿰뚫고 있었다.

순식간에 벌어진 일이었다.

눈 깜짝할 새 벌어진 일이었다.

눈을 깜박이고 나니, 이미 마히루가 코앞에 있었다.

"커헉."

신야의 입에서 피가 왈칵 쏟아졌다.

"신야!"

구렌이 외쳤다.

칼을 휘둘러 마히루를 신야에게서 떨어뜨리려 했지만 그녀는 가슴에 팔을 꽂은 채 신야를 휘둘러댔다.

"그만해, 마히루!"

"구렌."

"그만해 줘, 마히루!"

하지만 그녀는 그만두지 않았다. 어떻게든, 어떻게든 신야를 구해야만 한다.

마음속에서 '노야'를 불렀다. 그리고 부탁했다. 신야를, 동료를 구할 만큼의 힘을, 내 놔.

그러자 노야가 말했다.

〈그럼 내 전부를 받아들여줘.〉

줄게. 그렇게 할게. 그래도 좋으니까, 신야를 구할 힘을—

〈아니, 하지만 신야는 무리야. 곧 죽을 거야. 서두르지 않으면 다른 목숨이—〉

하지만 그때, 노야의 말이 그쳤다.

마음속에서 목소리가 들리지 않게 되었다.

신야의 몸이 공중을 날았다. 마히루가 버린 것이다. 그리고 구렌의 뒤로, 이동하고 말았다.

뒤에는 마히루의 움직임에 반응할 수 있는 녀석이 없다.

그러니 절대로, 어떻게 해서든, 무슨 짓을 해서든 전위를 돌파당해서는 안 되었다.

구렌이 뒤를 돌아보았다. 노야를 한 손에 든 채, 어떻게든 동료를 구하기 위해 온 힘을 다해 몸을—

"……."

하지만 이미 모든 것이 다 끝난 뒤였다.

사유리, 미토, 시구레의 목을 친 후, 마히루는 고시의 목을 붙잡고 있었다.

고시가 겁에 질린 표정으로 이쪽을 본 채,

"구레…."

그렇게 말하던 도중에 마히루가 그의 목도 간단히, 마치 장난감 인형을 다루듯 비틀었다.

마히루가 말했다.

"다시 한번 물을게. 구렌. 삶의 의미가 뭐야?"

"……."

그 모든 것을 본 구렌은.

똑똑히 본 구렌은.

"…우, 으."

아무것도 생각할 수가 없었다. 아무것도. 그저 분노가, 증오가,

"우, 아, 아아, 아아아아아아."

슬픔이, 살의가, 어두운 감정만이 가슴속에 소용돌이쳤다.

〈아아, 이쪽을 이용해야지. 이쪽이야.〉

"아아아."

저주가 퍼진다.

저주가 퍼진다.

마음에.

몸에.

전체에.

〈그것 봐, 구렌. 나약함은 역시 아무것도 낳지 않잖아. 이왕 이렇게 될 거, 미리미리 네 손으로 동료들을 죽여 두지 그랬어. 그랬으면 상처를 덜 받았을 텐데. 그랬으면 그나마 조금은 누군가를 구할 수 있었을 텐데. 하지만 잘 들어. 아직 안 늦었어. 너는 강해. 엄청 강해. 강해, 강해, 강해.〉

“아아아아아아아아아아아아아아아아아아아아아아아아아아
아아아아아아아아아아아아아아아아아아아아아아아아아아아아
아.”

〈강한 오니가 될 수 있어. 자아, 정신을 놓고 편해지자, 구렌.
시작한다? 오니가 되는 거야.〉

“아아아아아아아아아아아아아아아아아아아아아아아아아아
아아아아아아아아아아아아아아아아아아아아아아아아아아아아
아아아아아아아아아아아아아아아아아아아아아아아아아아아아
아아아아아아.”

모든 것이.
모든 것이.
절망으로 물들었다.
그렇게 두는 편이 편하다.
나약함을 버리면, 편해진다.
알겠어.
알겠다고.
그러니 제발. 잃게 해 줘. 제정신을, 잃게 해 줘.

그렇게 진심으로 바랐다.

진심으로 바랐을 텐데—

"쿨럭쿨럭, 커허어억?!"

떨어진 곳에서 목소리가 들렸다.

동료의 목소리다.

아직 살아 있는, 동료의 목소리. 그 목소리를 듣고 구렌은 제정신을 아슬아슬하게 유지했다.

"…신야!"

그는 외쳤다. 시선을 동료의 목소리가 들려온 쪽으로 돌렸다.

신야가 살아 있다.

신야가 살아 있어!

가슴에 구멍이 뚫리고도, 아직 살아 있어 주었다.

"지금, 지금 구해 줄게!"

구렌은 달렸다. 쓰러진 신야가 있는 곳으로 온 힘을 다해 달렸다. 그리고 신야의 몸을 끌어안았다. 가슴에 구멍이 뚫려서 피가 흘러나왔다. 그 가슴에 난 구멍을 막았다. 필사적으로 손으로 막았다.

하지만 피가 멈추지 않는다. 멈출 낌새가 없다.

"멈춰. 멈춰."

"……."

"멈춰. 멈춰. 멈춰. 멈춰 줘! 제발!"

그때, 신야가 창백한 얼굴로 이쪽을 올려다보더니, 입에서 피를 토하며,

"…아아, 젠장."

이라고 말했다.

"…이렇게, 게임, 오버인가."

"말하지 마! 힘을 전부 치유하는 데…."

"구렌…."

"닥쳐!"

"…구렌, 들어 줘."

"닥치라고!!"

하지만 신야의 가슴은 수복될 기미가 없었다. 상처가 너무 큰 탓이다. 그는 구렌의 팔을 콱 붙잡으며 말했다.

"…난 죽어."

"안 돼."

"…죽을 거야."

"아냐."

"…하지만… 즐거, 웠어. 너랑, 너희랑 만나서, 게임도 하고…."

"좀 닥치라고!"

하지만 신야는 말을 이었다. 히죽히죽, 히죽히죽 웃으며. 정말로 진심으로 즐거운 듯. 지금이 즐겁다는 듯이.

"…삶의 의미가, 있었어. 너를 만난 덕에. 그리고, 도망치지

않고, 실없는 놈인 채, 죽을 거야. 이거, 1회차는 내가 이긴 거지?"

"살아서 함께 이겨야지. 그러기로, 약속했잖아?"

신야는 이쪽을 올려다본 채, 손가락을 구렌의 뺨에 가져다 대며 말했다.

"…그래. …그래, 그랬지. 그러니까 구렌. 울지 마."

"…큭."

"그리고, 화 내지 마. 그러면, 우리가 지는 거니까. 내가 죽어도, 우린, 실없는 놈인 채… 겁쟁이인 채, 같이 죽자. 그렇게 하면, 우리가 이기는 거야. 그런 걸로 하자. 그러니까, 실수하지 마. 오니한테, 잡아먹히면…."

거기까지 말한 순간, 신야의 말이 멈췄다.

"신야."

"……."

"신야."

"……."

"신야!"

"……."

"신야!"

"……."

"신야?!"

"……."

하지만 답이 없었다.

그는 죽었다. 맥없이.

구렌은 홀로 남겨졌다.

몸이 떨렸다. 눈물이 멎질 않았다. 가슴속에서 분노가, 증오가, 슬픔이 계속해서 부풀어 올랐다.

달아나고 싶다. 현실에서. 눈앞에 있는 현실에서 달아나, 제정신을 잃고 싶다.

하지만 그러면 안 된다고 한다. 구렌은 신야의 몸을 꽉 끌어안았다. 이미 생명을 잃은 그의 시체를 세게, 꼬옥 끌어안은 채,

"치사해…. 무슨 규칙이, 그 모양이야, 신야."

신음하듯 말했다.

최악의 규칙이다.

자신은 죽어 없어진 주제에, 그렇게 지독한 규칙을 남기다니.

달아나고 싶은데. 달아나 버리고 싶은데.

구렌은—

"……."

몸을 떨며 목숨을 잃은 신야의 몸을 바닥에 내려놓았다.

게임 속행이다. 동료들은 전부 게임 오버되었지만 그래도 게임을 속행한다.

떨어뜨렸던 칼을 주워 일어났다.

그러자 등 뒤에서 목소리가 들려왔다.

"내가 미워?"

"…그래."

구렌은 솔직하게 답했다.

"날 죽이고 싶어?"

그 질문에는 잠시 생각하다가 답했다.

"…아니."

"어째서? 난 네가 소중히 여기는 걸 부쉈는데?"

그는 몸을 돌렸다.

마히루를 바라보았다.

그녀의 발치에는 동료 네 명의 시체가 있었다. 소중한 동료의. 서로 믿었던 동료의. 그것을 보니 마음속에서 소용돌이치는 분노를 억지로 억누르며 말했다.

"…분노에 몸을 맡기면, 신야한테 혼나."

"하지만 신야는 이미 죽었어."

"그래서 뭐? 우리는 이길 거야."

"무엇한테?"

"운명한테."

"약골 주제에. 간단히 죽는 주제에. 아무것도 모르는 주제에."

"그래. 맞아."

구렌은 답했다. 그러고서 손에 든 칼을 보았다. 오니가 깃든 무기다. 강해지기 위한 무기. 인간을 초월한 힘을 손에 넣기 위한 무기.

마히루에게 받았던 무기.

그것을 가만히 바라보다가, 던져 버렸다. 칼이 빙글빙글 돌아 바닥에 푹 꽂혔다.

"틀렸어. 이 무기로는 널 못 이겨."

마히루는 말했다.

"아니야. 나약함을 버리지 않아서 못 이기는 거야."

그녀는 몇 번이나, 거듭거듭 그렇게 말했다.

재회하고 나서 계속. 마치 그를 타이르듯 반복해서 말했다.

그리고 그도 그렇게 하기를 바라고 있다.

하지만 그는 답했다.

"나약함을 버린다 해도, 나는 너처럼 강해지지는 못해. 게다가 이제 와서 나약함을 버리면, 내게 뭐가 남지?"

"나를 구하는, 왕자님이 될 권리."

"……."

"…하지만 그렇게 하지 않는 네가 좋아. 그러지 못하는 네가 좋아. 신야 말이 맞아. 만약 그렇게 하면, 난 분명 네게 관심이 없어질 거야."

흡혈귀의 붉은 눈이 황홀하게 이쪽을 바라보았다.

그 눈을 쳐다보며 구렌은 말했다.

"그만 충분해, 마히루. 장난은 그만하자. 전부 죽었어. 바라는 대로 됐잖아? 크리스마스도 몇 시간 안 남았어. 둘만 남았다고. 너를 구할 방법이 있다면 가르쳐 줘."

그녀는 미소 지었다.

"아니. 이미 난 구원받았어. 마지막 순간에 네가 와 줘서, 난 구원받았어."

"무슨 뜻인지 모르겠어. 바보인 나도 알아들을 수 있게 설명해 줘."

그러자 그녀는 스커트 주머니에서 휴대전화를 꺼내서 화면 표시를 보았다.

"아아, 벌써 8시 25분이네. 좀 서둘러야겠어."

그렇게 중얼거리고서 휴대전화를 바닥에 버렸다.

구렌은 물었다.

"뭘 서둘러?"

"뭐긴, 알잖아?"

"뭔데?"

"세계의 파멸."

"네가 파멸시키는 거냐?"

그 말을 들은 그녀는 그저 미소를 지은 채 이쪽으로 다가왔다.

"흡혈귀가 '하쿠야 교'를 괴멸시켰잖아? 그 이유는 알아?"

그 물음에 답했다.

“…금지된 주술 실험을 막기 위해서라고 들었는데.”

“그 주술 실험의 이름은?”

“‘종말의 세라프’.”

그것이 ‘햐쿠야 교’가 행하고 있는 주술 실험의 이름일 터였다. 마히루가 남긴 자료에는 이렇게 적혀 있었다.

‘주술’을 초월하는, 세계를 멸망시킬 대규모 파괴 주술 병기라고.

“네 자료에, 그렇게 적혀 있었어.”

그렇게 말하자 마히루는 어깨를 으쓱했다.

“발동하는 법은?”

“몰라.”

“어떤 효과가 있는데?”

“몰라.”

분명 마히루의 자료에는 마치 예언자 같은 말이 적혀 있었다.

‘—최초의 종말은 욕망으로 가득한 추한 어른들에 의해 초래될 거야. 구체적으로 말하면 전 세계에서 13세 이상의 인간은 다 죽어.

대지가 썩어 버릴 거야.

마물(魔物)이 배회할 거야.

하늘에서 독이 내릴 거야.

종말의 천사(세라프)가 나팔을 불고, 이 세계는 붕괴할 거야.

그러면 분명 인간은 살아남을 수 없어. 연약한 인간은 그런 세계에서는 살아남을 수 없어.'

그것이 오늘 일어난다고 한다.

12월 25일, 크리스마스에 세계가 파멸을 맞는다고 한다.

그를 두고 사이토라는 남자는 이렇게 말했다. 그때의 대화를 떠올려 보았다. 구렌은 이렇게 물었다.

'대규모 바이러스 병기냐?'

사이토는 이렇게 대답했다.

'아뇨, 아닙니다.'

'그럼 뭐지?'

'신이 내리는 벌입니다.'

'뭐?'

'오만한 인간을 벌하기 위해 신이 내리는 벌. 하지만 미련한 인간들은 그것을 이용해 병기를 만들려 하고 있죠. 그것 말고도 유용한 사용법이 있는 줄도 모르고.'

구렌은 마히루를 쳐다보며 물었다.

"대체 '종말의 세라프'라는 게 뭐야?"

그러자 그녀는 답했다.

"신벌(神罰)을 컨트롤하는 것. 그게 '종말의 세라프'의 정체야."

"뭐야, 그게. 신 같은 게 어디 있다고."

만약 있다면 왜 이런 세계를 만들었지? 왜 이렇게 지독한 세계를 만들었냐고.

하지만 그녀는 개의치 않고 말을 계속했다. 마치 무녀처럼. 예언자처럼. 신의 존재를 입에 담았다.

"정말로 굉장한 힘이야. 무려 천벌인걸. 그걸 조종하려 하다니, 인간은 대체 어디까지 탐욕스러워질 수 있는 걸까. 꼭 바벨탑 같아. 이카로스 같아. 하늘에 오르려는 오만한 인간 말이야. 하지만 신의 분노를 샀지."

그녀는 이쪽으로 다가올 생각이 없어 보였다.

구렌이 던진 칼 쪽으로 다가가더니 그것을 사랑스럽다는 손길로 주웠다.

그러고는,

"아아, 어서 와, 노야. 사람과 오니를 잔뜩, 아주 잔뜩 죽였구나."

그녀는 마치 구렌을 무시하듯 그렇게 말했고.

그는 말했다.

"마히루."

"왜애, 구렌."

"…나는 너를 구할 수 있어?"

그 말에 그녀는 아름다운, 그러면서도 울 것만 같은 얼굴로,

"미안해. 오늘은 무리야. 넌 날 못 구해."

그렇게 말했다.

그러더니 그녀는 느닷없이, 칼을 빙글 뒤집어서 그것으로 자신의 가슴을 찔렀다.

칼이 박힌 것은 심장이 있는 위치였다.

"크흑."

사랑스러운, 공기가 빠지는 듯한 소리가 그녀의 목구멍에서 나오더니 무릎이 꺾이려 했다—

"마히루!"

그는 달려가서 쓰러지는 그녀의 몸을 지탱했다. 그의 품 안에서 그녀는 축 쳐져 있었다.

"이게, 무슨 짓이야."

그 말에 그녀는 기쁜 듯 웃더니 이쪽을 올려다보며,

"…………아아, 구렌의 몸, 따뜻해."

구렌은 그 가슴에 꽂힌 칼을 뽑으려 했지만,

"…뽑지 마. 뽑으면 난 금방 죽어. 노야는 내 심장과 일체화 시켰어."

"뭣…."

그녀의 가슴에서 노야가 고동치는 것이 느껴졌다. 저주가 그녀의 몸을 오염시키고 있는 것이 느껴졌다.

허억, 허억, 허억. 그녀는 괴로운 숨소리를 흘렸다.

그토록 절망적인 힘을 뽐내었던 그녀가, 갈수록 약해졌다. 그런 그녀의 몸을 끌어안았다. 끌어안은 자신의 손은 피로 물들어 있다. 신야의 피다. 좀 전에 죽은 신야의 피가, 구렌의 손에 흥건히 묻어 있었다.

고시, 미토, 사유리, 시구레. 모두 다 죽은 것으로 모자라 마히루까지, 자신의 품 안에서 죽으려 하고 있었다.

"대체 뭐야."

"……."

"이게 대체, 뭐냐고. 넌 대체, 뭐가 하고 싶은 거야."

"…내 바람이, 뭐냐고?"

"그래. 그걸 말해."

그러자 그녀는 약하디 약한 목소리로 대답했다.

"…평범한 여자애가, 되는 것이려나."

"……."

"좋아하는 사람과 사랑을 하고… 품에 안겨서… 아이도 낳고… 아아, 하지만, 과욕일까. 이렇게 구렌이, 안아 주고 있는데."

저주가 퍼진다. 검게, 검게, 검게.

그렇게 약해진 마히루를 바라보며 물었다.

"죽는 거야?"

"누구나 언젠가는 죽어."

"오늘, 넌, 죽을 셈이었어?"

그 답이, 너무도 비참했다.

"태어날 때부터, 그렇게 정해져 있었는걸."

그런 계획이었던 것이다.

결국 이건 그런 계획이었던 것이다.

그녀는 그 사실을 알았다.

어릴 적부터 계속 만났던 날부터 계속. 그녀는 자신의 운명을 알고 있었다.

신야 일행을 죽인 것도 전부 계획에 따른 것이었다. 그녀는 절망의 우리 속에서 살고 있었다.

그녀는 담담하게 말을 이었다.

"…천벌을 컨트롤하는 실험을 하기 위해, 나는 태어났어. '귀주'는 그러기 위한 실험이야. 나는 그것만을 위해, 그 계획만을 위해, 태어났어."

그녀가 실험을 통해 태어났다는 사실은 알았다. 어머니에게 오니를 섞어 임신시켰다. 그리고 무수히 많은 희생을 치른 끝에 마히루와 시노아가 성공체로서 태어났다.

하지만 그 실험도 오늘을 위한 것이었다고 한다.

오늘 이곳에서 죽기 위한 것이었다고 한다.

"그럼, 이것도 전부, 계획에 있는 일이냐?"

"……."

"네가 죽는 것도, 신야가 죽은 것도, 전부 계획에 있는 일이냐고!"

"……."

"난 어쩌면 되지? 난 대체, 뭐야. 뭐냐고. 자기 여자도, 동료도, 아무것도 구하지 못하는데, 나는 대체 무얼 위해 존재하는 거냐고…."

"구렌."

그녀는 말했다. 그녀의 목소리는 조금 전보다 더 약해져 있었다. 노야의 저주가 가슴에서 어깨를 지나, 하얀 목까지 검게 물들이기 시작했다.

죽는다. 그녀도 죽는다. 결국 모두 죽는다. 그만 홀로 남겨졌다. 아무도 구하지 못한 채.

"구렌… 네가, 금기를 깨. 그러면 천벌이 나타나. 그 힘을, 네가 컨트롤…."

"관심 없어."

"구렌."

"관심 없다고."

"구렌."

"천벌이라면 이미 받았어! 날 때부터 계속 받고 있다고! 널 지키지 못했어! 아버지를 지키지 못했어! 미토를, 고시를, 사유리를, 시구레를, 신야를 지키지 못했어! 이미 천벌은 충분히 받았잖아! 내가 대체, 무슨 죄를 지었다고! 신이 내리는 천벌?! 신이 있다면 어디 말해 봐! 말해 보라고! 나한테 무슨 짓을 시키고 싶은 거야! 넌 뭐가 하고 싶은 건데! 왜 이딴 세계를 만든 거냐고!"

구렌은 그렇게 아우성을 쳤다.

의미 없이, 싸움에서 패한 개가 짖듯, 악다구니를 쳤다.

하지만 신은 그에 답하지 않았다.

그저 아래에서, 그의 눈물로 뺨을 적신 마히루가 살며시 그의 눈물을 닦아 주며 말했다.

"…내게, 어리광 부려줘서, 기뻐."

그렇다. 어리광이다. 아무것도 못하는 한심한 자신에 대한 분노를, 그녀에게 쏟아내고 있었다.

하지만 그녀는 오히려 기쁘다는 듯이 말했다.

"마지막으로, 어리광을 부려줘서… 아아, 하지만 들어줘."

"……."

"…하지만, 모든 게, 계획대로 된 건 아니야. 오늘, 네가 와 줘서, 파멸은 막을 수 있어."

구렌은 마히루를 내려다보았다. 저주는 그녀의 뺨까지 올라와 있었다.

"세계를, 구할 수 있어."

"……."

"네가 오늘 이곳에 있는 건, 계획에 없는 일이야. 이건 내 계획이야. 감시의 눈길도 없어. 이 의식장은, 화면에 비치지 않아. 하지만, 오지 말았으면 했어. 도착하지 말기를 바랐어. 너를, 말려들게 하고 싶지 않았어."

그녀는 눈물을 흘렸다. 흡혈귀가 되어 변모한 붉은 눈에서, 눈물이 흘렀다.

연기일까.

아니면 진짜 눈물일까.

이제는 아무래도 좋았다.

"…나는, 뭘 하면 되지?"

그는 물었다.

그러자 그녀는 답했다.

"선택."

"무슨?"

"똑같아. 나약함을 받아들일지, 아니면 나약함을 버리고 옳은 길로 나아갈지."

또, 같은 물음이다.

하지만 이미 동료들은 모두 죽었다.

마히루도 죽는다.

나약함이란 무엇일까. 아직도 자신이 받아들일 수 있는 나약함이란 것이 있기는 할까.

그녀는 말했다.

"'종말의 세라프'는 인간을 소생시키려 하면, 시작돼."

"뭐…."

인간의 소생.

그런 게 가능할 리가—

하지만 그녀는 마치 당연하다는 듯이 말을 이었다.

"하지만 하느님은 그걸 용납지 않아. 인간을 되살리는 일을 용납지 않아. 소생시키면 멸망이 시작돼. 신의 위업을 탐하려 하는 인간에게 천벌을 내려. 현재 우리의 기술로는 아직 그 천벌을 조금밖에 컨트롤하지 못해. 세계는 멸망해. 오니와 아이들만 살아남을 거야. 인구는 분명, 10분의 1이하가 될 테고. 세계의 모습은 격변할 거야. 그리고 되살아난 인간도, 10년밖에 살지 못하는 불완전체가 돼. 그래도 오늘, 실험은 이루어져."

"뭘 위해서?"

"신에 가까워지기 위해."

"웃기지 마. 다들 미쳤어."

"그래. 맞아. 하지만 우리는, 그런 곳에서 태어났어. 그래서 천벌을 받는 거야."

그렇게 말하며 마히루는 의식장 중앙에 있는 관으로 시선을 옮겼다.

일곱 개의 관으로.

그녀는 말했다.

"…관 속에, 시체가 들어 있어. 그 중심에, 칼을 꽂는 장소가 있어. 이 실험에 필요한 건 많은 오니들의 목숨과, 많은 사람들의 목숨, 그리고 흡혈귀 귀족의 목숨이야. 이 셋이 모이지 않으면 인간의 소생은 시작되지 않아. 하지만, 이미 충분히 피를 빤 무기는 있어."

그녀는 그렇게 말하며 자신의 가슴에 꽂힌 노야의 칼자루를 쥐었다.

분명 노야는 '귀주'를 지닌 인간을 잔뜩, 수없이 죽였다. 죽인 사람은 구렌이다. 그것도 계획의 일부였다.

하지만 흡혈귀 귀족은 죽인 적이 없다. 귀족에게 손을 대는 것은 무리다. 보통 흡혈귀조차도 평범하게 맞붙으면 버거울 터다.

구렌은 마히루를 바라보았다. 노야의 저주는 이미 그녀의 뺨을, 눈을, 머리를 범하려 하고 있었다.

그렇게 저주가 퍼져도 아름다운, 그녀의 얼굴을 바라보며 말했다.

"…그래서, 네가 흡혈귀 귀족 역할이라고?"

그녀는 미소 지을 뿐이었다.

"너는 오늘, 산 제물이 되어 죽기로, 정해져 있었던 거냐?"

하지만 그녀는 미소를 지은 채 고개를 가로저었다.

"아니. 아니야. 왕자님한테 안긴 채 죽기로 정해져 있었어. 그게 내 운명이야."

"……."

"너무 아름다워서, 여신님이 질투해서, 나를, 지옥으로 데려가려 하지만… 그걸 용납지 않는 왕자님이, 나를 안아 줘서."

"……."

"몸은 빼앗겨도, 영혼은, 빼앗기지 않는 거야. 다음에, 다시 태어날 때, 평범한 여자애가 될 수 있도록."

"……."

"왕자님이, 나를, 꼭 끌어안아 주고…."

"마히루."

"입맞춤을… 추하고, 더러운 오니인 내게, 입맞춤을—"

"마히루. 너는…."

그녀는 울고 있었다. 붉고 아름다웠던 눈동자도 저주로 새까맣게 물들었다. 그녀의 몸이 경련을 일으킨 듯 덜덜 떨리기 시작했다.

그것을 억제하려 했다. 그녀의 몸을 안아, 억제하려 했다.

"마히루."

"……."

그녀는 더 이상 답하지 않았다. 그녀가 어떻게 될지조차 모르겠다.

"마히루."

"……."

스, 스스스슥. 노야가 소리를 내기 시작했다. 그리고 그녀의 가슴을 집어삼키기 시작했다. 그녀의 몸을, 칼 속으로 흡수하려는 것이다.

구렌은 칼자루를 쥔 채 말했다.

"그만둬, 노야."

그러자 답이 돌아왔다.

〈무리야.〉

"그만해 줘."

〈안 된다고. 이걸 하고 있는 건, 내가 아냐. 내가, 내 쪽이 빨려들고 있어.〉

"무슨 뜻이야. 마히루가 하고 있는 거야?"

노야는 또다시 최악의 답을 내놓았다.

〈아니. 그녀 안에, 그렇게 되도록, 저주가 걸려 있었어. 그녀는 오니가 될 거야. 나를 흡수해서 오니가 될 거야.〉

그녀의 바람은 평범한 여자애가 되는 것이건만. 아직도 그녀는 운명에 얽매여 있다.

〈멈춰 줘, 구렌.〉

"어떻게 해야 하는데?!"

〈틀렸어, 나는, 이런.〉

"대체, 어떻게 하면—"

마히루의 말을 떠올렸다. 조금 전에 했던 말을.

여신이 아름다움을 질투해서 그녀의 영혼을 데려가려 하고 있다. 하지만 그 영혼을 왕자님이 구한다고 했다. 끌어안고, 입맞춤을 해서—

그래서 그녀가 정말로 구원을 얻는다면,

"가지 마, 마히루."

그는 그녀의 가녀린 몸을 끌어안았다. 잿빛 머리카락에 손을 두르고 검게 변한 입술에 자신의 입술을 포개었다—

"……."

그리고, 그로써 끝이었다.

늘 괴롭힘을 당했던 불쌍한 신데렐라는 왕자님을 만나 사랑에 빠졌고, 다 함께 웃으며 행복하게 살았다고 합니다.

"……."

동화라면 그렇게 끝났을 것이다.

분명 어떤 이야기든, 마지막에는 해피엔드로 끝날 것이다.

하지만 이것은 동화가 아니었다. 이 이야기에 나오는 공주님은 불행했다. 태어날 때부터 죽을 때까지 계속 불행했다.

그리고 평범한 여자애가 되기를 동경하며— 사라졌다. 노야 안에 흡수되었다. 아니, 그녀가 노야를 흡수한 걸까.

구렌의 품 안에서 그 모습이 사라지고 칼만 남았다. 그 칼이, 댕그렁 소리를 내며 바닥에 떨어졌다.

남은 것은, 검은 칼 한 자루뿐이다.

그 칼자루를 쥔 채, 불렀다.

"마히루."

"……."

"마히루."

"……."

"노야는? 너는 있는 거냐?"

"……."

답이 없다.

답이 없다.

그 누구도 답하지 않았다.

남겨진 것은, 동료들의 시체와 구원을 얻지 못한 공주님이 든 검은 칼, 그리고 힘없는 느림뱅이 거북이 한 마리뿐이다.

게다가.

그 상황에서.

"허억. 허억. 허억. 허억."

그는 홀로 가슴을 부여잡았다.

"나는…."

홀로 가슴을 부여잡은 채, 말했다.

"어째서, 나는, 아직 살아 있는 거지…?"

하지만 그 물음에 대한 답은 없었다. 마히루도, 신야도, 고시도, 미토도, 사유리도, 시구래도, 답해 주지 않았다. 이제, 그 누구도 이곳에 없기에.

그때, 느닷없이 알람이 울렸다.

따르르르르르릉. 마히루가 바닥에 버린 휴대전화의 알람이었다.

시각은 20시 30분.

[멸망의 시간]

그렇게 표시되어 있었다.

다시 말해서 지금 시간에는 이미 실험이 이루어지고 있어야 했다. '히이라기'가 세운 계획에 따르면 세계는 이미 멸망했어야

했다.

"……."

하지만 실험을 할 자는 사라지고 말았다.

현재의 이것은, 마히루의 계획이다.

그녀의 말을 떠올려 보았다.

'네가 오늘 이곳에 있는 건, 계획에 없는 일이야. 이건 내 계획이야. 감시의 눈길도 없어. 이 의식장은, 화면에 비치지 않아. 하지만, 오지 말았으면 했어. 도착하지 말기를 바랐어. 너를, 말려들게 하고 싶지 않았어.'

감시의 눈길이 없다. 어째서? 흡혈귀가 오기 때문이다. 외부에서 영상으로 감시하면 금기의 실험을 하고 있다는 사실이 외부로 새어나갈 우려가 있다. 그렇게 되면 흡혈귀들에게 이 장소도 파괴된다.

그러니 지금은 감시하고 있지 않다.

하지만 시간이 되고 말았다.

시간에 맞춰 멸망이 일어나지 않으면 조사대가 올 것이다.

조사대는 구렌을 발견해, 구속하여 실험을 계속할 것이다.

세계는 끝장날 것이다.

파멸이 찾아올 것이다.

"……."

하지만 이제 이 따위 세계는. 이 따위로 미친, 추악한 세계는 멸망해 버리는 편이 낫다고 그는 생각했다.

이 이상 이런 일을 계속할 필요가 있을까?

모두가 울고 있었다. 괴롭다고, 슬프다고 울부짖고 있었다. 그런데 이딴 세계에 계속,

"…집착할 필요가, 있나?"

구렌은 혼자서 말했다.

고시, 미토, 시구레, 사유리, 그리고 신야의 시체 쪽으로 시선을 돌리며,

"…이봐, 다들. 어떻게 생각해? 나는, 어쩌면 좋을까?"

그렇게 말하며 그는 손에 든 칼을 칼집에 꽂았다. 천천히 자리에서 일어나 그대로 비틀비틀 앞으로 나아갔다.

마히루의 말이 맞았다.

결국 선택을 강요당하고 있었다.

―나약함을 받아들일지.

―아니면 나약함을 버리고 옳은 길로 나아갈지.

"……."

옳은 길은 오늘, 죽는 것이다.

이딴 썩어빠진 세계에 집착하지 말고, 동료들과 약속한 대로 다 같이 죽는 것이 옳은 길이다.

그렇게 하면 세계를 구할 수 있다.

적어도 자신들이 이 이상 죄를 짊어질 일은 없다.

하지만.

"……."

구렌은 관 속을 들여다보았다. 낯선 남자의 시체가 있었다. 그것을 관에서 꺼냈다.

한 구. 두 구. 세 구. 네 구. 다섯 구. 시체를 관에서 꺼냈다.

그러고 나서 동료들이 있는 곳으로 갔다.

고시의 찢겨 나간 머리와 몸을 주워서 관 속에 넣었다.

사유리의 찢겨 나간 머리와 몸을 주워서 관 속에 넣었다.

시구레의 찢겨 나간 머리와 몸을 주워서 관 속에 넣었다.

미토의 찢겨 나간 머리와 몸을 주워서 관 속에 넣었다.

그리고 조금 이동해서, 신야를 주웠다. 신야의 얼굴을 보았다. 그도 죽었다. 만약 기적이 일어나서 그가 눈을 뜨면, 화를 낼까.

"…분명, 화를 내겠지. 내가 약속을 어겼으니까."

함께 죽어서 이기자고 했건만.

"하지만, 너도 같은 짓을 하겠지? 신야."

"……."

"아니, 안 하려나?"

"……."

"안 할지도 모르겠네. 이 짓을 하는 녀석은, 바보일 테니."

이걸 실행하면 전 세계 인간들이 죽는다고 한다.

저주받은 금기에 손을 대면 전혀 상관없는, 무고한 사람들이 천벌을 받는다고 한다.

게다가 부활한 인간도 10년밖에 살 수 없는 불완전체가 된다고 하니 이건 너무도 이득이 적은, 수지가 맞지 않는 행위였다.

아니, 이기적인 행위다. 지독하게 이기적인 행위. 오로지 동료들을 다시 한번 만나기 위해 세계를 팔아먹는, 배신행위.

하지만.

"……."

구렌은 관까지 신야를 고이, 조심스럽게 안고 이동해서 안에 넣었다.

그리고 마히루가 말했던 관의 중앙에 해당되는 장소로 이동했다.

그곳에는 그녀가 말했던 대로, 칼을 꽂을 수 있는 장소가 있었다.

거기에 칼을 꽂아 넣으면, 실험은 시작된다고 한다.

금기의 실험.

하늘을 찌르는 바벨탑을 세우는 것과 같은.

태양을 향해 손을 뻗고자 밀랍 날개로 하늘을 나는 것과 같은.

천벌 받아 마땅한, 꺼림칙한 실험.

"……."

구렌은 허리에 찬 칼을 뽑았다.

그러던 참에 의식장 입구 쪽에서 목소리가 들려왔다.

남자 목소리였다.

"이야아, 굉장하네. 분위기 좋은 걸. 내가 보기에 이건 관두는 게 좋을 것 같은데."

시선을 돌려 보니 그곳에는, 아름다운 한 남자가 있었다.

은빛을 띤 긴 머리를 지닌 흡혈귀다. 그 녀석의 얼굴을 알았다. 몇 개월 전, 우에노 동물원에서 마히루와 함께 싸웠던 남자다. 이름은 분명, 페리드 바토리. 흡혈귀 귀족이다.

그 페리드의 발치에 시체가 몇 떨어져 있었다. 아마도 '히이라기'가 보낸 추격부대이리라.

시간이 되어도 세계가 붕괴되지 않아 '종말의 세라프' 연구를 계속하기 위해 파견된 부대.

하지만 페리드가 그것을 죽인 듯했다. '종말의 세라프'는 금기다. 흡혈귀들은 그것을 용납지 않는다.

그리고 흡혈귀들이 오면, 이 실험은 끝이다. 실험 자체를 뿌리째 뽑아 버린다.

다시 말해 여기서 흡혈귀에게 살해당하면, 실험을 완성시키지 않고 살해당하면, 자신은 세계를 구한 셈이 된다.

그렇다면 이것이 선택일까.

마히루가 말했던 선택.

나약함을 받아들일지. 옳은 길을 걸어갈지.

구렌은 그 흡혈귀 귀족에게, 마치 도움을 구하듯 말했다.

"제발. 죽여 줘. 정의를 행하고 싶어."

그러자 흡혈귀는— 페리드 바토리는,

"하하. 싫은데? 어리광 부리지 마. 스스로 결정하라고, 인간. 그러는 편이 더 재미있잖아?"

웃으며 그렇게 말했다.

"……."

그리고 다시, 소리가 났다.

째깍째깍 소리가 났다.

절망의 소리.

멸망의 발소리.

3초 뒤면 세계가 멸망한다.

종말의 세계로.

혈맥의 세계로.

째깍, 째깍, 째깍.

철컥— 하는 소리를 내며, 구렌은 칼을 구멍에 꽂았다.

"알겠어. 나는 죄를 짊어지겠어."

그러자 그 순간.

일제히 세계가 붕괴되기 시작했다.

7권 끝

◈ 작가 후기 ◈

드디어 이번 권이 나왔습니다. 아, 그 전에 후기는 본편을 읽고 나서 읽어 주십시오! 집필을 마친 감상을 적으려 하거든요! 그, 뭣이냐. 1년 조금 넘게 기다리게 해드린 것 같은 기분이 들어 죄송하다는 소릴 먼저 해야 하려나요(사실상 그렇지만요). 쓰기 어렵겠다 싶었던 이야기가 들어가서 만화판 전개와 맞추는 것이 더욱 어려웠고, 막상 해 보니 역시나 어려웠던 한 권이 되었습니다. 그런 만큼 저 자신의 만족감은 몹시 높은 한 권이 되었습니다. 여러분은 어떠셨나요? 1년 동안 기다린 보람이 있었다고 생각하셨다면 좋겠습니다만.

그리고, 만화판 세계로 이어지는 이야기인지라 결말은 알고 계시리라 생각합니다. 제목에도 적혀 있듯이, 세계는 파멸을 맞습니다. 이번 권에서 파멸합니다. 하지만 저는 거기에는 관심이 없습니다. 왜냐하면, 어떤 식으로 이야기가 진행되건 결말은 알고 있으니까요.

영고성쇠(榮枯盛衰). 번성하면 쇠락하기 마련이고 사람도 언젠가는 죽습니다.

그 결말은 언제나 뻔하지요. 하지만 그 결말이 정해져 있는 골인 지점까지의 '사이'에, 누가, 누구와 만나, 어떻게 살았는가. 그것을 그리는 일에 저는 관심이 있습니다. 그런 의미에서 이 이야기는 너무도 '끝에는 끝장난다(아재 개그를 하려는 건 아니고요(웃음))'는, 오로지 그 점에만 초점을 맞추고 있는지라 집필이 어렵기는 합니다만 즐거웠습니다. 매우 순화된 이야기였으니까요. 하지만 순화된 이야기와 마주하는 것은 매우 어려운 일입니다.

'결국 마지막에 승리하면 읽는 사람은 기분 좋을 것 아냐. 그러니까 어찌 되었건 승리시키기만 하면 장땡'—이라는 수법은 오락의 왕도고 작가로서 살아남기 위해, 까놓고 말해서 잘 팔아먹으려면 절대로 빼놓을 수 없는 요소입니다(작가를 목표로 하시는 분은 우선 반드시 이 규칙을 지켜주세요!). 하지만 이 이야기는 계속 지기만 하는 데다 반드시 파멸을 맞게끔 되어 있는지라 팔릴 것 같지가 않다는 생각이 팍팍 듭니다(웃음). 이걸 집필하는 데는 배짱이 필요했습니다. 승리 요소가 없는지라 독자분들을 홀리기 위해 이런저런 기술을 왕창 써먹었습니다. 그래도 무섭습니다. 후덜덜 떨립니다. 왜, 싫잖아요. 이렇게 '삶이란 무엇인가? 살아간다는 것은 무엇인가?' 같은 질문만 잔뜩 던지는 걸 읽으려면 피곤하니까요. 하지만 구렌 일행은 그럼에도 필사적으로 살며 계속해서 질문을 던져댑니다. 그리고 감사하게도 그런 구렌 일행을 지지해 주시는 분들이 잔뜩 계시고 잘 팔리기도 해서. '말도 안 돼, 이럴 리가'. '괴짜들도 많지' 싶었습니다.

이제 보니 우린 '동료'인 것 같군요. 그러니 동료분들께 감사 인사를 드리고자 합니다. 이런 이야기를 쓰게 해 주셔서 감사합니다. 제 인생에서도 이 작품은 매우 의미가 있는 작품입니다.

그리고 세계는 이렇게 되었습니다. 그러면 다음 권에서 다시 뵙겠습니다. 혹은 만화에서 곧 뵙겠습니다.

앞으로도 잘 부탁드립니다.

카가미 타카야

종말의 세라프 -Seraph of the end- [7]
이치노세 구렌, 16세의 파멸

2017년 10월 7일 초판 발행

저자 카가미 타카야 | **일러스트** 야마모토 야마토 | **옮긴이** 정대식
발행인 황경태 | **편집 상무** 여영아
편집 팀장 김태헌 | **편집** 노혜림
제작 부장 김장호 | **제작** 김종훈 정은교
국제부 국장 손지연 | **국제부** 최재호 김형빈 민현진 천효은 박민희
마케팅 국장 최낙준 | **마케팅** 김관동 이경진 김성준 심동수 고정아 고혜민
발행처 (주)학산문화사 | 서울특별시 동작구 상도로 282 학산빌딩
편집부 02.828.8838(전화), 02.828.8890(팩스) | **영업부** 02.828.8961~5(전화), 02.828.8989(팩스)
홈페이지 www.haksanpub.co.kr | **등록** 1995년 7월 1일 | **등록번호** 제3-632호

원제 · [OWARI NO SERAPH GUREN'S CATASTROPHE AT XVI 7]

ISBN 979-11-256-8401-5 04830
ISBN 979-11-256-0046-6 (세트)
값 6,800원